Une histoire sarthoise

« Se glorifier de ses ancêtres, c'est chercher, dans les racines, des fruits que l'on devrait trouver dans les branches. » **Madame Rolland**

« Nous n'héritons pas de la terre de nos ancêtres, nous l'empruntons à nos enfants. » **Antoine de Saint-Exupéry**

« Nous descendons tous d'un roi et d'un pendu. » **Jean de La Bruyère**

« La généalogie est une science rigoureusement inexacte, à cause des bâtards. » **Léo Campion**

A **Martin DUPUY**, Anne et Jacquine SAULAS

A Martin, René, **Pierre DUPUY &Perrine GUIMIER**, Jehan, Estienne, Macé, Marie, Anne, Emile, Jullien,

A Catherine, **Jacques DUPUY & Françoise PEAN**, Julienne, Pierre, Valentin, Renée, Martine, Pierre, Anne, Marguerite et Marie,

A Jacques, Pierre, Charles, Françoise, **Jean DUPUY & Anne RENAULT**, Jacqueline et François

A **Jacques DUPUY et Marie CHOPLIN**, Jean DUPUY et Jacquine,

A **Barthélemy DUPUY & Jeanne BROSSIER**, Jeanne DUPUY et François MORANCAIS,

A Jeanne, Barthélemi, Jeanne-Marie, Pierre, Anne, Françoise, Marie, Françoise, René, **François DUPUY & Marie-Madeleine TACHIAU**, Magdeleine,

A François DUPUY & Marie GUICHARD, **Etienne DUPUY & Jeanne AURIAL**, Françoise DUPUY et Julien PONTONNIER, René,

A Marie DUPUIS, **François DUPUY & Françoise PONTONNIER,** René-Louis DUPUY et Pauline EVEILLEAU,

A **Alexandre DUPUY et Marie SOUCHU**, Marie-Madeleine, Jules,

A Angèle DUPUY et Auguste MARQUE, **Marcel DUPUY et Alice PIRONNEAU**, Alice DUPUY et PERRIN, Renée DUPUY et André ALLARD,

A Rolande DUPUY et Emile LEMEME, Raymond DUPUY et Odile CHAUVELIER, Norbert DUPUY et Edith CHEVALIER, Marie-Anne DUPUY & Jean RONDET, Jacques DUPUY et Thérèse LE VANNAIS, Claude DUPUY et Ginette GUERCHE, Bernard DUPUY et Colette FLEUREAU, Jean-Pierre DUPUY et Claudie GRANDIN, Jocelyne DUPUY et Jacky ROUSTEAU,

... SANS QUI ....

Introduction

Cette histoire sarthoise des DUPUY a été reconstituée à partir des archives départementales numérisées et de la transmission orale des plus anciens, de la génération DUPUY-XII[1]. Ces cinq cents ans de l'histoire familiale retracent la vie de seulement quatorze garçons/Messieurs DUPUY et de leurs épouses, des femmes sans qui cette saga n'existerait évidemment pas.

L'écriture du récit a aussi été rendue possible grâce à un acte majeur de François 1er: l'ordonnance d'août 1539, dite **l'ordonnance de Villers-Cotterêts**. C'est un texte législatif édicté par le roi de France entre le 10 et le 25 août 1539 à Villers-Cotterêts (dans le département actuel de l'Aisne), enregistré au Parlement de Paris le 6 septembre 1539, et dont les articles 110 et 111 (concernant la langue française) n'ayant jamais été abrogés.

Forte de 192 articles, elle est surtout connue pour être l'acte fondateur de la primauté et de **l'exclusivité du français** dans les documents relatifs à la vie publique du royaume de France. En effet, pour faciliter la bonne compréhension des actes de l'administration et de la justice, mais aussi pour affirmer le pouvoir monarchique, elle impose qu'ils soient rédigés ***"en langage maternel français et non autrement** "*. Le français devient ainsi la langue officielle du droit et de l'administration, en lieu et place du latin mais aussi des dialectes et langues régionales. En outre, cette ordonnance réforme la juridiction ecclésiastique, réduit certaines prérogatives des villes et rend **obligatoire la tenue des registres des baptêmes et des sépultures par les curés**. Merci Ô nostre roy François 1er !!!

---

[1] Merci à Norbert, Jocelyne et Claudie DUPUY, Colette BOIVIN, Odette MORCHOISNE

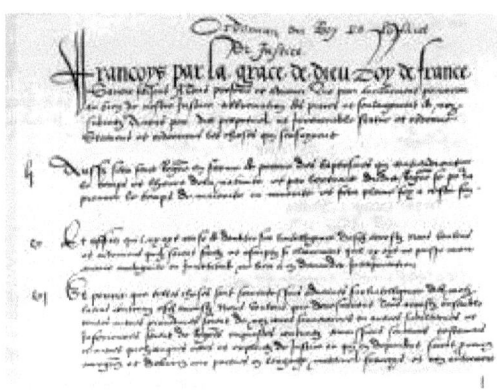

Pour ce qui nous concerne, il semble que nous – les descendants DUPUY – ne puissions pas remonter aux actes civils relatifs à la commune de Sarcé (canton de Mayet, arrondissement de La Flèche) antérieurs à 1580.

DUPUY est un nom très fréquent en France, et plus particulièrement au sud de la Loire. Il désigne celui qui habite sur une colline (puy, du latin podium, cf Puig). Il peut aussi plus rarement représenter une personne originaire du Puy (Le Puy en Velay, le Puy de Sancy, ...).

Les deux plus anciens registres paroissiaux encore à notre disposition et dans un état correct sont celui tenu par le curé de l'église de Sarcé, datant du tout début de l'an 1612 et celui de la paroisse de Mayet - BMS 1563-1648.

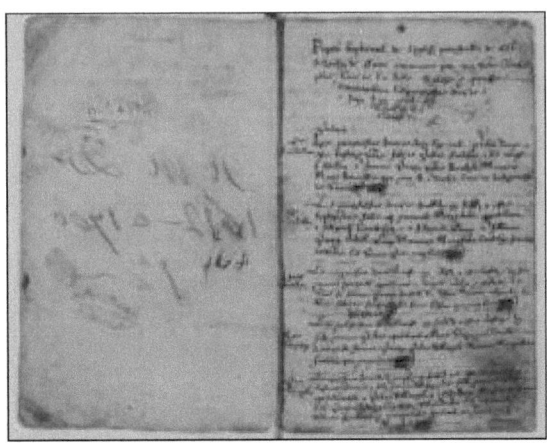

Exprimons aussi quelques réserves vis-à-vis de cet ouvrage :

i) même si la lignée suivie ici est celle des pères DUPUY (la filière patronymique mâle), l'auteur tient à souligner tout au long de ces lignes l'importance des femmes et des mères, leur rôle et leur condition de vie (probablement plus) difficile ;

ii) l'auteur s'est permis de romancer le récit, pour mieux plonger les ancêtres dans leur époque, quitte à leur faire prendre des positions politiques ! Etaient-ils bonapartistes, royalistes ou républicains ?

iii) pour les trois dernières générations DUPUY-XII, DUPUY-XIII et DUPUY-XIV, l'auteur a retenu sa propre descendance, parce qu'il fallait faire un choix ! Mais DUPUY fait autant référence aux frères de Jean-Pierre DUPUY (chapitre génération XII) qu'aux cousins et frère de Fabrice DUPUY (chapitre génération XIII) et aux frères, cousins germains et cousins issus de germains DUPUY (dernier chapitre) ;

iv) enfin, pardon pour les oublis, les erreurs s'il en reste et les manques. En particulier, les petits-enfants de Raymond DUPUY et d'Odile CHAUVELIER ne sont pas mentionnés, faute de contacts avec ces cousins-là.

La Saga des DUPUY commence donc en **1568** avec le récit de vie de Martin DUPUY (**DUPUY-I)** et une première *'photo de famille'* (évidemment anachronique) ...

1500-		
1580-	DUPUY Martin	*page 11*
1610-	DUPUY Pierre	*page 18*
1634-	DUPUY Jacques	*page 24*
1672-	DUPUY Jean	*page 29*
1700-	DUPUY Jacques	*page 35*
1734-	DUPUY Barthélemy	*page 42*

page 125

page 141

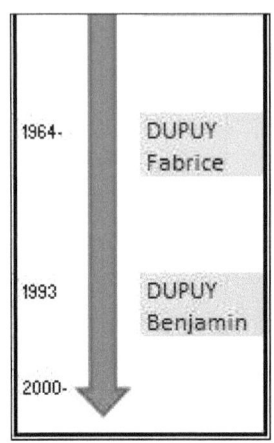

... et s'achève en **2019** avec les DUPUY XIV et une autre photo de famille.

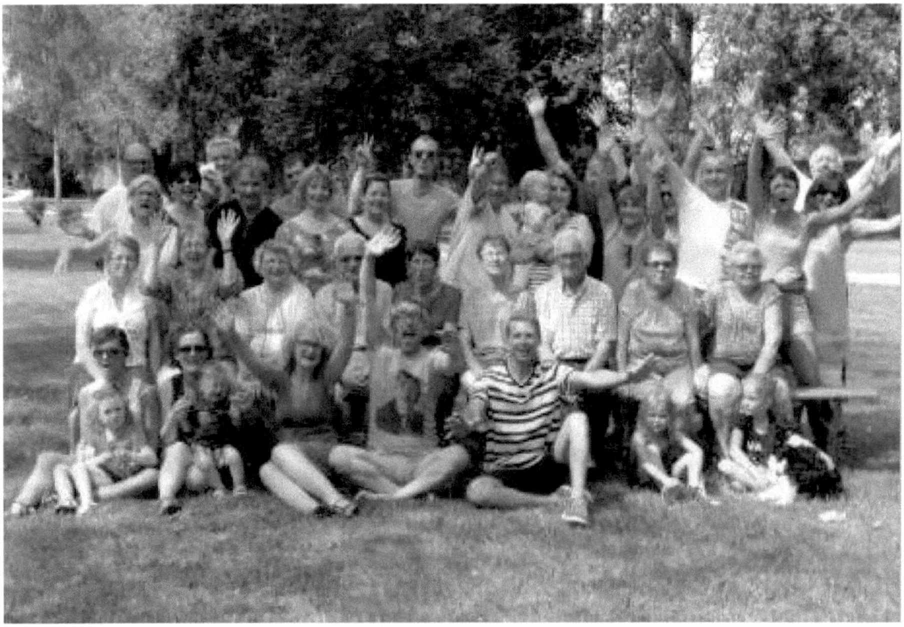

Génération I

(1568 - 1610)

Période : **1568 -1610**
Millions de Français : 16,6
Roi : **Henri III**
Commune : **Sarcé**
(bailliage : Château-du-Loir)
Monnaie : **Livre**/Sol
Salaire d'un journalier : 6 sous par jour
Assiette: l'**artichaut**, cultivé en Afrique du Nord, il est introduit en France en 1533 par Catherine de Médicis.

L'histoire de cette lignée de DUPUY commence le 13 juin de l'an 1568, dans la commune de Sarcé (Sarthe), avec la naissance de Martin DUPUY.

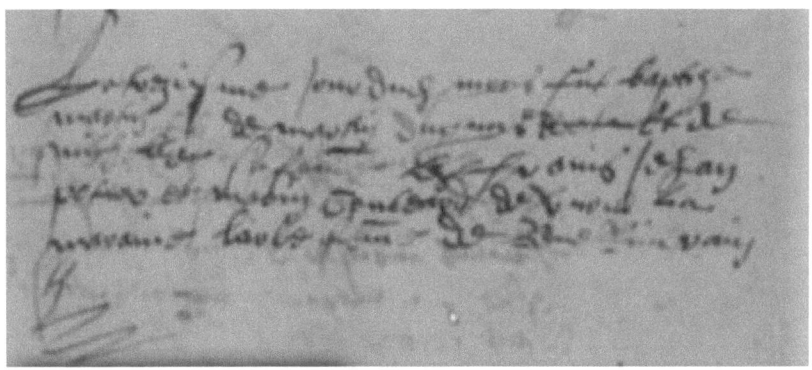

BMS Mayet 1563 1648 page 32

En 2019, et dans nos régions favorisées, la majorité des accouchements se dérouleront dans les hôpitaux, sous la surveillance d'un personnel qualifié, dans un environnement technique médical de haut niveau. Pendant toute la durée du travail, l'état de l'enfant sera «monitorisé» en permanence; la douleur de l'enfantement sera atténuée, voire supprimée, par les méthodes modernes d'analgésie, telle la péridurale. Ainsi, mère et enfant se trouveront placés dans des conditions de sécurité et de confort insoupçonnables. Les accidents obstétricaux seront à ce point devenus rares que, dans l'esprit de certains, ils seront même inexistants, ce qui, hélas, sera loin d'être le cas.

En 1568, nos femmes enceintes, nos parturientes, nos fœtus, nos nouveau-nés, ne bénéficient pas de tous ces avantages et l'accouchement est, depuis des temps immémoriaux, un grand pourvoyeur de mort de femmes et d'enfants.[2]

Il faut y ajouter le fait, qu'en 1580, est promulguée une loi interdisant aux bergers et autres bouviers de pratiquer des accouchements, ce qui ne plaide évidemment pas pour la qualité de la pratique obstétricale de l'époque. L'accouchement se déroulait à domicile, dans une pièce calfeutrée, surchauffée, où une assistance féminine nombreuse et bruyante entourait la parturiente.

Comment s'appelle la maman de Martin DUPUY? Dans quelle condition a-t-elle accouché ? A-t-elle survécu ? En 2019, nous ne saurons plus; les registres de cette période seront en très mauvais état. Il semblera néanmoins pour Claude B.[3] que les parents de Martin soient Martin DUPUY, baptisé vers 1540 et Michelle. Alors '*Michelle*' – appelons-la ainsi - mère aimante, accouchant probablement dans la douleur et restant dans l'anonymat de notre société patriarcale, recevez toute notre gratitude. Merci! Ainsi, Martin DUPUY naît en 1568 et survit aux épreuves qui se présentent inéluctablement à lui. C'est grâce à lui que certains d'entre nous – les descendants mâles DUPUY – existons aujourd'hui...

1568, dites-vous ? Très vite, un premier écueil se dresse à nous. 1568 selon le calendrier julien ou le calendrier grégorien ? Le **calendrier grégorien** est un calendrier conçu à la fin du XVIème pour corriger la dérive séculaire du calendrier julien alors en usage. À la demande de Grégoire XIII, sont préparées les bases d'un nouveau calendrier débutant en 1579. Adopté par le pape dans sa bulle du 24 février 1582, il est mis en application dans les États catholiques le 15 octobre 1582 (alors devenu lendemain du 4 octobre 1582).

Martin naît avant ce changement de calendrier (en 1568 'julien') dans une demeure de Mayet/Sarcé. A quoi ressemblait Sarcé en 1568 ? La

---

[2] « Accoucher et naître : de jadis à aujourd'hui », H. Thoumsin, P. Emonts

[3] https://gw.geneanet.org/clb72?lang=fr&pz=claude&nz=branjonneau&p=martin&n=dupuy

photographie n'existait pas, mais imaginons néanmoins la vie sarthoise en XVIème siècle, à partir de ce cliché.

Et la France, quelle est-elle en 1580 ? L'autorité royale s'est bien réduite face aux pouvoirs des différents gouverneurs. Certes, la France s'est agrandie, en avril 1515, avec la Bretagne, grâce au mariage de Claude de France, duchesse de Bretagne, et du roi François 1er. Le roi a obtenu l'usufruit des « *Duchés de Bretaigne et Comtés de Nantes, de Bloys, d'Estampes et de Montfort* » en échange des Duchés d'Anjou, Angoumois, et le comté du Maine. Mais reste encore la question de la Navarre... Henri de Navarre, futur Henri IV, lance ses troupes, commandées par Rosny, sur Saint-Emilion...

Avec **Henri de Navarre**, roi en Navarre et seigneur en Rouergue et en Quercy est gouverneur de Guyenne, avec **Condé**, gouverneur en Picardie, avec **les Guise** qui contrôlent la Bretagne (Montpensier), la Bourgogne (Mayenne), la Champagne, la Normandie, et avec le comte de Suze et le comte de Carcès en Province, Henri III a du fil à retordre ...

Le 6 avril 1580, un tremblement de terre centré sur le Pas-de-Calais a de telles secousses qu'elles atteignent York[4], Paris et Cologne. En mai 1580, débute alors une épidémie de coqueluche à Paris, qui atteint la cour d'Henri III le 9 juin et s'étend partout en France le 20 juin.

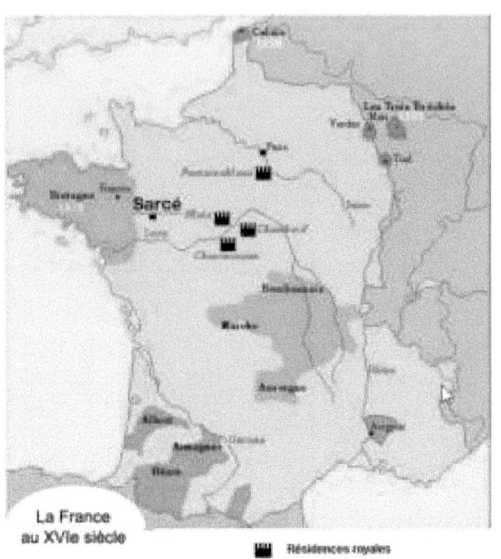

Pour ce qui concerne Martin, sept kilomètres seulement séparent Sarcé et Mayet; c'est 1h30 à 2H à pied. C'est à Mayet que Martin rencontre Anne, ils louent leurs bras pour des travaux dans les champs, ici ou là. Timide, peu apprêtée, Anne, c'est d'abord une lumière, un sourire qui éclaire. Martin l'a tout de suite remarquée. Anne aussi – elle voit tout. Il vient l'aider à ranger les outils. « Je m'appelle Martin. - Moi, c'est Anne». Tout est dit. Ils ne se quitteront plus. Pauvres, ils se reconnaissent, *ils se promettent de s'en donner de la famille, une grande, rien qu'à eux et qui résistera à tous les coups du sort*. A peine le curé les a-t-il bénis en 1596 que leur naît une ribambelle de DUPUY, **onze enfants**: Martin, René, Pierre - *Pierre que l'on suivra dans le*

---

second chapitre-, Jehan, Estienne, Macé, Marie, Anne, Emile, Jullien, et Jullien)

○ Marié avec Anne ? dont
  ▪ ♂ Martin DUPUY 1597-
  ○ ♂ René DUPUY 1598-
  ○ ♂ Pierre DUPUY 1599-
  ○ ♂ Jehan DUPUY 1600-
  ○ ♂ Estienne DUPUY 1602-
  ○ ♂ Macé DUPUY 1604-
  ○ ♀ Marie DUPUY 1605-
  ○ ♀ Anne DUPUY 1607-
  ○ ♂ Emile DUPUY 1608-
  ○ ♂ Jullien DUPUY 1609-
  ○ ♂ Jullien DUPUY 1611-

Mais la valeureuse et fertile Anne décède vers 1613. Malgré sa douleur, Martin doit penser aux onze bouches à nourrir, à l'entretien de la maison. Jacquine SAULAS, issue d'une famille de Mayet aussi pauvre que la sienne, lui propose ses services. Il accepte très volontiers. Et en septembre 1614, Martin DUPUY épouse celle qui lui donnera cinq enfants de plus (Jacquine, Renée, Marguerite, Michelle, Jehan).

○ Marié *en septembre 1614, Mayet, 72360, Sarthe, Pays de la Loire, FRANCE*; avec Jacquine SAULAS dont
  ○ ♀ Jacquine DUPUY 1615-
  ○ ♀ Renée DUPUY 1616-
  ○ ♀ Marguerite DUPUY 1618-
  ○ ♀ Michelle DUPUY 1621-
  ○ ♂ Jehan DUPUY 1623-

Au total, Martin est papa de **seize enfants** ! Et une chose étonne chez Martin DUPUY, Anne puis Jacquine SAULAS : ils s'aiment et transmettent à leurs petits cette chose précieuse entre toutes, la solidarité, sorte de vade-mecum pour la misère. *Catholiques mais pas trop, les DUPUY héritent de cette idée antérieure à l'invention de la retraite qu'un enfant est toujours un cadeau du bon Dieu. Tous savent pouvoir compter les uns sur les autres.*

Chez les DUPUY, *'la fraternité éclot dès la prime enfance. Les filles dorment toutes ensemble, enlacées, prêtes à se lever pour aider celle qui n'est pas bien, celle qui pleure…, prêtes à bondir pour réchauffer la soupe, une chicorée. On les entasse en vraie nichée de filles étonnées de s'aimer autant. Les garçons se succèdent eux dans le fenil, le galetas ou la soupente. Il y a si peu d'espace dans ces pauvres taudis. Les parents dorment près du poêle dans la Pièce comme on dit, qui sert de cuisine, de salle à manger ... et qui servirait de salon si on avait usage d'un mot pareil*[5].

Pendant ce temps, aux 'antipodes' (bien que toujours en France !), Catherine de Médicis, princesse d'origine italienne, cherche à développer, à la cour du Roi de France, une stratégie d'affinage des mœurs de la cour. Le **bal** de cour devient alors un événement particulier qui commence à être organisé de façon systématique. Cela se fait par l'élaboration progressive d'une danse qui va se distinguer par son style, une danse spécifique, savante. Et la singularité du bal à la française, ce sera la danse à deux, où le roi choisit ceux qui vont danser. Les personnes ainsi nommées savent avec qui elles vont danser, en fonction de la place qu'elles occupent dans la hiérarchie sociale. Un seul couple danse à la fois, que tout le monde regarde. Martin et Jacquine DUPUY ne savent pas danser...

---

[5] Sophie Chauveau, 'Noces de Charbon'

Avant de clore ce chapitre, relisons Joachim du Bellay (né à Liré en Anjou vers 1522) pour bien nous imprégner de l'atmosphère de cette période :

> Heureux qui, comme Ulysse, a fait un beau voyage,
> Ou comme cestuy-là qui conquit la toison,
> Et puis est retourné, plein d'usage et raison,
> Vivre entre ses parents le reste de son âge !
>
> Quand reverrai-je, hélas, de mon petit village
> Fumer la cheminée, et en quelle saison
> Reverrai-je le clos de ma pauvre maison,
> Qui m'est une province, et beaucoup davantage ?
>
> Plus me plaît le séjour qu'ont bâti mes aïeux,
> Que des palais Romains le front audacieux,
> Plus que le marbre dur me plaît l'ardoise fine :
>
> Plus mon Loir gaulois, que le Tibre latin,
> Plus mon petit Liré, que le mont Palatin,
> Et plus que l'air marin la doulceur angevine.

La saga se poursuit, pour ce qui *nous* concerne, avec Pierre DUPUY (**DUPUY-II**), le 4ème enfant de Martin DUPUY et d'Anne. Martin DUPUY sera Inhumé le 8 décembre 1635, à Mayet.

Génération II *(1610-1634)*

Au milieu d'une telle fratrie, difficile de percevoir la place que chacun occupe dans la lignée : l'ainé(e) le sait, le deuxième aussi, puis on en perd le compte. La mémoire retiendra qu'il y eut le Précoce, les Souvent Malades, les

Indépendants, le Cachottier... Seize enfants, quelle folie ! Pierre DUPUY est le quatrième, le Besogneux. Deux dates figurent pour sa naissance: en avril 1599 ou en 1610, dans les deux cas à Mayet.

Période : **1610 - 1634**
Millions de Français : 20,5
Roi: **Henri IV**
Lieu : **Mayet** (bailliage : Château-du-Loir)
Monnaie : Livre/Sol
Salaire d'un journalier : **6 sous par jour**
Assiette : Le **topinambour**, ramené du Québec par Samuel de Champlain

1610, le roi Henri IV nomme Marie de Médicis régente du royaume en son absence et désigne un conseil de régence qui limite son pouvoir. Il lève une armée de près de 100 000 hommes dont un fort détachement se dispose à marcher en direction de Juliers contre l'Espagne. Le 13 mai 1610, Marie-Médicis est sacrée Reine de France à Saint-Denis par le cardinal François de Joyeuse. Mais le lendemain, Jean-François Ravaillac - extrémiste catholique - assassine le roi Henri IV, à Paris.

C'est de son père que Pierre apprend les devoirs d'un bon et fidèle fermier...

> VINCENT. Ces lafchetez, & tromperies font fi euidentes, que ie vou-
> drois qu'on chaffaft de noz terres cefte nation tant defloyale. Car fi elle a-
> chetoit le demy arpêt d'vn bon terroir les cent efcus (comme ils nous cou-
> ftent)ils ne feroyent ia ces vilennies, & fraudes pleines de mefchanceté.
>
> IEAN BAPTISTE. Sçachez encor, que le bon laboureur(fi la terre ne   *Les de-*
> luy eft contraire) ne fault iamais à faire large fuffifamment le lieu haucé ou *uoirs d'vn*
> il feme fon bled, affeuré que ce faifant il en a toufiours plus belle cueillette *bon & fi-*
> que fi telles rayes eftoyent eftroites, & y laboure mieux à fon aife, n'y ayant *delle fer-*
> tant de monceaux de terre. Et pourtât cecy ne l'empefche point qu'il n'ar- *mier*
> roufe, & donne l'eau trefbien à la terre: attendu qu'auât qu'y efpandre l'eau
> il a premierement acouftrez les conduits, & iceux eftoupez de fillon en fil-
> lon, faifant la clofture fi haulte, que l'eau courant de vallon à autre, eft con-
> trainte de l'efpâdre fur chafcune raye pour l'inonder, & abreuuer. Et outre
> qu'il ne fault de la forcer, & la tourner par les canaux diligemment pour la
> faire courir tout bellement d'vn bout du châp à l'autre, encor il la deftour-
> ne, & la conduit és autres rayons qui font a l'efcart, & ainfi remuant, & re-
> mettant l'eau, il arroufe tout fon terroir. Ainfi nous voyons & pouons cô-
> clurre, qu'il n'y a aucune côparaifon d'vn loyal laboureur, auec vn fermier
> miferable, & infidelle, ceftuy ne faifant rien qui foit a propos, là ou l'autre
> non feulement laboure, difpofe, & feme fa terre auec prudêce, & difcretion
> ains encor effarte & efmonde les arbres, coupe les vignes, fauche les prez,
> fume, & amande les champs, gouuerne deüement les lins, & en fomme il
> fait ce qui eft vtile, & de confequence felon que la Lune luy eft fauorable.
>
> VINCENT. Comment entendez vous que les chofes de l'Agricul…

... et les moyens pour se débarrasser des taupes (!) : *il est besoin de se tenir en garde et comme en sentinelle «sur le lever du soleil près le lieu où le plus freschement elles ont soufflé, et poussé lors la terre, car c'est sur l'heure mesme qu'elles rejettent ordinairement la terre selon leurs coustumes. Et quiconque aura, ou pic, ou hoüe en main tandis que ceste beste est en office, il la tirera hors facilement de sa tanière. Le second moyen est de mettre, et faire courir l'eau, au lieu où elles auront fouillé freschement, veu que dès qu'elle le sentiront, ne failliront de sortir pour se garentir sus quelque motte, et là on pourra les tuer, ou prendre toutes en vie. La troisiesme gist en prenant une vive sur le mois de mars qu'elles font en amour, et la mettant dans un bassin assez creux le soir après le soleil couché, enterrera ledit vase jusques au bord, afin que les taupes puissent saulter dedans, oyans crier la prisonnière la nuit, d'autant que celles qui l'entendront (estant cest bestiole d'une ouye fort aiguë, et subtile) y venans à leur pas, entreront dans le vase l'une après l'autre : et tant plus y en entrera, et plus elles crieront, sans que pas une en puisse sortir, à cause que le dedans du bassin est lissé, poly et glissant.»*

C'est un costaud, Pierre, un travailleur, un résistant qu'on n'aura pas! Il rencontre Jeanne, alors qu'il est encore mineur. Que signifie être mineur ou majeur en ce début du XVIIème siècle ? La majorité consiste à cesser d'être sous l'autorité paternelle ou sous la tutelle, à pouvoir administrer seul ses biens personnels, à en disposer, et à faire tous les actes de la vie civile. Mais l'âge de la majorité varie selon les actes. Par exemple, la majorité requise pour contracter un engagement volontaire dans l'armée sans le consentement des pères, mères ou tuteurs est de 20 ans. Et de février 1556 à 1792, la majorité patrimoniale est de 30 ans pour les hommes, 25 ans pour les femmes. Toutefois le mariage est possible, avec le consentement parental, à partir de 14 ans pour les garçons et de 12 ans pour les filles. Si Pierre DUPUY était militaire, il devrait présenter, lors de ses épousailles, un «certificat de consentement » du capitaine…

Pierre et Jeanne ont alors un enfant, *un enfant femelle comme l'écrit le curé dans le registre:* Catherine (1628 - 1680). L'enfant de l'amour, hors mariage. La libération sexuelle que nous connaîtrons au XXIème siècle trouvera ses racines dans le mouvement de mai 1968. Et c'est bien vrai que l'accès à la contraception et la possibilité de pouvoir contrôler ses grossesses sera, pour la femme, une libération dont les jeunes femmes de 2019 auront peine à imaginer l'importance. Durant des siècles, et ici pour Pierre DUPUY et Jeanne, la vie sexuelle sera un combat incessant entre le respect des préceptes rigides de l'Église en la matière et les tentations de la chair qui ne sont certainement pas moindres en 1600 ou en 2000.

L'Église ne badine pas avec la sexualité. Non seulement, une jeune fille doit se présenter vierge à son époux le soir de ses noces (l'inspection des draps au lendemain de la nuit de noces est pratique courante dans certaines régions), mais elle considère comme péché toute relation sexuelle dont la procréation n'était pas la finalité. Le plaisir sexuel, sur lequel pèse la tare du péché originel, n'est justifié aux yeux de l'Église que dans la mesure où il permet la reproduction de l'espèce. C'est pourquoi il n'y a de sexualité permise que dans la vie conjugale. Non seulement les censeurs ecclésiastiques prohibent toute activité sexuelle extra-conjugale, mais dans la vie conjugale elle-même, ils veillent à ce que le plaisir sexuel ne puisse se libérer de sa finalité reproductrice : ils interdisent les rapports sexuels trop amoureux comme les rapports non féconds.

La relation entre Pierre DUPUY et Jeanne est-elle 'illégitime' ? Elle n'est pas approuvée par le reste de la famille et surtout par l'Eglise. Jeanne est peut-être même condamnée à finir ses jours dans un couvent. Toujours est-il qu'ils ne poursuivent pas leur route ensemble. Et deux à trois ans après, le 21 janvier 1631, Pierre DUPUY épouse Perrine GUIMIER. La cérémonie a lieu à Verneil-le-Chétif, une commune limitrophe de Sarcé et de Mayet.

De l'union de Pierre DUPUY et de Perrine GUIMIER, naîtront 4 enfants *légitimes*: Jacques, Julienne, Pierre et Valentin.

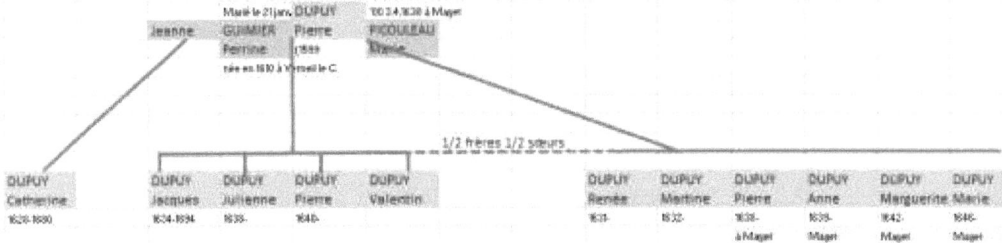

Pendant cette période, à la tête du pays se trouve **Louis XIII**, dit « le Juste », fils d'Henri IV et de Marie de Médicis, né le 27 septembre 1601 au château de Fontainebleau, et roi de France et de Navarre depuis 1610. Son règne, dominé par la personnalité du cardinal de Richelieu, principal ministre d'Etat est marqué par l'affaiblissement des grands et des protestants, la lutte contre la maison de France et l'affirmation de la domination militaire française en Europe pendant la guerre de Trente Ans. Louis XIII épouse l'infante Anne d'Autriche en 1615.

Comment l'administration du cardinal Richelieu est-elle représentée à Verneil-le-Chétif ? Par le lieutenant général de la Sénéchaussée de Château-du-Loir, à laquelle cette commune est rattachée.

Château-du-Loir.
Coulongé.
Courdemanche.
Ecommoy.
St.-Jean-de-la-Motte, N.
Jupille.
Lucé, N.
Luceau.
Mansigné, N.
Marigné, N.
St.-Mars-d'Outillé.

Mayet.
Montabon.
St.-Pierre-du-Lorouer.
Pontvallain.
Pruillé-l'Eguillé, N.
Toiré.
Vaas, N.
Verneil-le-Chétif.
Vouvray, N.
Yvré-le-Pôlin, N.

Le personnel de l'assemblée offrait :

4 Lieutenans généraux de sénéchaussées ou bailliages : Beaumont, Ste.-Susanne, Mamers, Château-du-Loir.

1 Bailli juge civil et criminel, lieutenant général de police et ancien maire de Mamers.

1 Bailli et lieutenant général de police de Fresnay.

1 Président au siége royal et maire de Laval.

Pour ce qui *nous* concerne, la saga se poursuit avec Jacques DUPUY (**DUPUY-III**), le 1er enfant mâle de Pierre DUPUY et de Perrine GUIMIER. Pierre décédera le 22 janvier 1680, à presque 70 ans (s'il est né en 1610) ou à 80 ans (s'il est né en 1599).

Jacques DUPUY naît à Mayet le 10 mai 1634. En 1634, la France est chahutée : la Franche-Comté est reprise en main par la France après la mort de la gouvernante d'Isabelle-Claire-Eugénie de France (duchesse de Bourgogne, archiduchesse de France et infante de France) ; c'est le début de la guerre de Dix Ans, de 1634 à 1644, entre le roi de France Louis XIII et le roi d'Espagne Philippe IV.

> Période : **1634-1672**
> Millions de Français : 21,5
> Roi : **Louis XIII**
> Commune : **Sarcé** (bailliage de Château-du-Loir)
> Monnaie : Livre/Sol
> Salaire d'un journalier : **10 sous / jour**; 25 livres / mois
> Assiette : jeune, l'**ortie** constitue un excellent légume nourrissant

L'information sur cette nouvelle guerre arrive jusqu'au père du nouveau-né, Pierre DUPUY, qui loue Dieu que leur canton ne soit pas bourguignon... Après cette guerre de Dix Ans, la situation sera désastreuse en Franche-Comté. La guerre, la peste et la famine auront dévasté la région et le bilan sera extrêmement lourd : plusieurs villes incendiées, 70 châteaux brûlés, 150 villages disparus avec des dizaines de milliers de morts.

Toute l'économie et la démographie de la Franche-Comté s'en trouveront bouleversées, notamment l'agriculture qui sera totalement anéantie. Le nombre de morts et d'exilés sera également très important : le recensement de 1614 montrait que vivaient entre 405 000 et 410 000 personnes en Franche-Comté, comparé à celui de 1657 (soit 13 ans après la fin des combats) qui indiquera qu'il n'y aura environ que 160 000 habitants dans la région, soit une baisse de plus de 60 %. Environ les deux tiers des Francs-Comtois mourront pendant la guerre de Dix Ans...

Qu'en est-il en Sarthe ? Pierre DUPUY voit tout ceci d'un mauvais œil : les vivres et les salaires ont tous les deux augmenté, mais les seconds davantage que les premiers, de sorte que le paysan journalier qu'il est est un peu plus à son aise. Néanmoins, la taille est doublée en 1634 pour financer la guerre de Dix Ans. En France, sous l'Ancien Régime, la **taille** est un impôt direct, très impopulaire puisque les bourgeois des grandes villes, le clergé et la noblesse en sont affranchis. Cet impôt pèse sur les individus – c'est la taille personnelle – ou sur la terre – c'est la taille réelle – suivant les régions. La taille est devenue annuelle et permanente en 1439, il y a déjà deux siècles, vers la fin de la guerre de Cent Ans. L'État tentera à plusieurs reprises au XVIIe siècle de réformer l'imposition pour limiter les exemptions et privilèges ce qui donnera lieu à la création de la *capitation*, du *dixième* et du *vingtième* qui viennent en plus de la taille et conduisent à une insatisfaction croissante de la population vis-à-vis du système fiscal français. Déjà, les DUPUY, comme la grande majorité des familles rurales françaises, sont fortement imposés…

Le petit Jacques, lui, grandit. En 1664, il a trente ans, il est majeur. Il se marie à Mayet, avec Françoise PEAN.

A la disparition tragique de sa première épouse, Jacques DUPUY – quarante-six ans – épouse Louise LANDAIS le 25 juin 1680. Le malheur les frappe : Louise succombe à son tour. Jacques épouse alors Michelle DURAND qu'il a vite commencé à fréquenter, après ce deuxième deuil. Que sait faire un homme seul, avec des enfants en bas-âge ? Les *jeunes* mariés, Jacques et

Michelle, ont quarante-six et trente ans. De cette troisième union naîtront huit autres enfants.

Sarcé, Mayet, Verneil-le-Chétif... Comment se déplaçaient nos ancêtres, dans les campagnes ? A pied ! En ce début du XVIIe, les chaises à bras *(ou à porteurs)* sont le moyen de transport le plus populaire. Mais leurs premières utilités sont pour les infirmes ou les malades puis par la suite ces chaises deviennent accessibles à tous. En 1664, la calèche à cheval de 4 places fait son apparition. Puis, en 1671, apparaissent les chaises roulantes *(roulettes, brouettes et vinaigrettes)*. Ainsi que le transport à usage particulier comme le cabriolet, le carrosse moderne, la berline, la berline à deux fonds, et la diligence.

Et à Paris, le Duc de Rouanez, les Marquis de Sourches et de Crénan ont obtenu par lettres patentes, l'autorisation de faire circuler dans Paris des carrosses à itinéraires fixes. Et Blaise Pascal, initiateur du projet fonda avec son ami le Duc de Roannez, une entreprise de carrosses publics, " *les carrosses à cinq sols* ", ancêtres des transports en commun. Celle-ci fut inaugurée le 18 mars 1662. Les carrosses à cinq sols obtinrent un fort et rapide succès, mais l'interdiction d'accès à une partie de la population, amena une impopularité montante. Les carrosses eurent de moins en moins de clients et l'entreprise tomba en difficulté financière. Ils augmentèrent leur tarif et passèrent ainsi à six sols, mais rien n'y fit, l'entreprise ferma complètement en 1679.

Pendant ce temps, quelque part vers Château-Thierry, un certain Jean de la Fontaine écrit. Il écrit des fables, que Jacques et Françoise DUPUY ne recevront pas tout de suite en Sarthe pour les conter à leurs nombreux enfants. Le tour de force de La Fontaine est de donner par son travail une haute valeur à un genre qui jusque-là n'avait aucune dignité littéraire et n'était réservé qu'aux exercices scolaires de rhétorique et de latin.

Les *Fables choisies, mises en vers par M. de La Fontaine* (ou plus simplement *Les Fables*) est une œuvre écrite entre 1668 et 1694. Il s'agit d'un recueil de fables écrites en vers, mettant en scène des animaux anthropomorphes et contenant une morale au début ou à la fin. Ces fables furent écrites dans un but éducatif et étaient adressées au Dauphin (le fils aîné de Louis XIV).

L'histoire ne dit pas quand et par quel biais ces fables arriveront jusque dans les chaumières des DUPUY ...

LES GRENOUILLES QUI DEMANDENT UN ROI.

Ce siècle est aussi une période riche en inventions, même si Jacques et les siens, cultivateurs, n'en seront pas les premiers bénéficiaires...

L'autocuiseur (1679)   Le baromètre (1643)

Le calculatrice m »canique (1623)   La lunette astronomique (1609)

L'horloge à pendue (1656)   Le métronome   La pompe à vapeur (1698)

La saga se poursuit avec Jean DUPUY (**DUPUY-IV**) le 5ème enfant de Jacques et Françoise PEAN.

Génération IV (1672 - 1700)

Au sein de la déjà grande fratrie toujours habitant à Sarcé, le petit Jean DUPUY naît le 3 novembre 1672.

Cette année-ci, l'Etat a décidé que les offices de notaire, procureurs, huissiers, sergents et archers deviennent héréditaires. Les parents du petit Jean DUPUY, des laboureurs, n'auraient évidemment jamais *brigué* de telles *charges* pour leur progéniture, destinée à labourer la terre.

Période : 1672 – 1700

Millions de Français : 21
Roi : **Louis XIV**
Commune : Sarcé
Monnaie : Livre/Sol
Salaire mensuel : **30 livres** (280 euros)
Assiette : **Le petit pois**, au XVIIe siècle, provient de Hollande

Combien gagnent les Français en cette fin du XVIIème siècle ? Un chirurgien se rémunère de 100 à 150 livres (945 à 1400 euros) ; un menuisier, 100 livres ; un charpentier, 75 livres (700 euros par mois) ; un tailleur, un coordonnier: 60 livres (560 euros).

Cette année 1672 débute aussi la guerre de Hollande, opposant la France et ses alliés (Angleterre, Münster, Liège, Bavière, Suède) à la Quadruple-Alliance comprenant les Provinces-Unies, le Saint-Empire, le Brandebourg et l'France. Triomphant de ses adversaires, la France, par le traité de Nimègue qui met fin à la guerre, confirmera son rang de première puissance européenne en acquérant la Franche-Comté et de nombreuses places-fortes flamandes. Mais l'histoire ne dit pas combien cette victoire aura coûté en augmentation supplémentaire de la taille pour la famille DUPUY aux bouches à nourrir de plus en plus nombreuses.

Jean grandit, observe; assez rapidement, il travaille la terre avec ses parents qui le lui enseignent : « *Passant le soc et charrue de l'un bout de fillon à l'autre, tousjours ce qui est de plus gras en la terre suit le soc, et pource le laboureur estant au bout le nettoye et laisse là ceste terre, laquelle de trois ou quatre ans en quatre ans s'abaisse et s'espand par tout le champ, et pour l'engresser, et pour l'unir, et esgaller de mieux en mieux toutes les années. Et de pareil bien sont occasion les fossez environnez d'arbres, lesquels avec leur feuillage engressent la terre, et retiennent l'eau enclose souz terre, pourveu que lesdictz fossez soient cloz du costé que l'au pourroit sortir... le prouffit qui s'ensuit encor des champs courtz et de peu d'estendue, c'est que les boeufz y labourent avec moins de travail, et fatigue, d'autant que non seulement s'esjouissent ils et reprennent haleine estans au bout du fillon, ains encor lors que le laboureur nettoye et descharge son soc de terre, et que puis il le transporte pour commencer l'autre raye et fillon.»* [6]

En 1682 - Jean DUPUY a dix ans – il observe dans le ciel un phénomène incroyable, comme une énorme boule de feu qui se déplace... lentement **: la comète de Halley** ! Un dragon, se demande le petit Jean ?

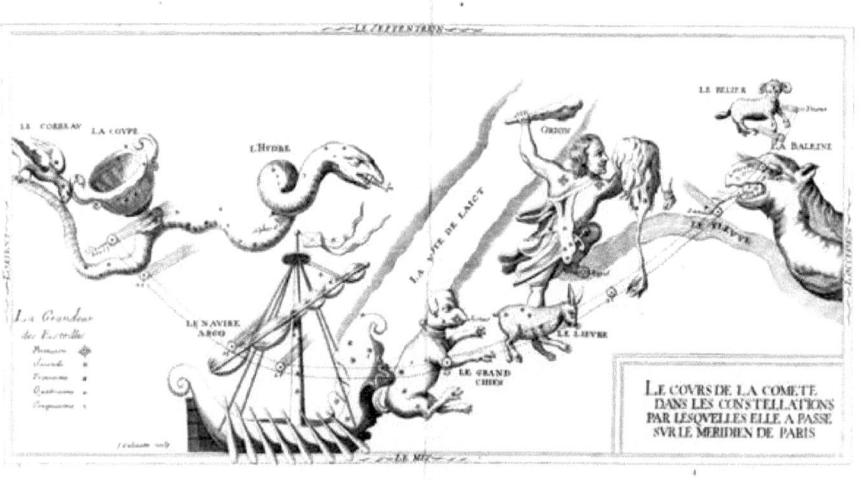

Puis après un lustre[7] ou deux, le jour arrive où Jean rencontre Anne RENAULT, avec qui il se marie en 1694, alors qu'il a vingt-deux ans. Comme il

---

[6] « *Secrets de la vraye agriculture et honnestes plaisirs* », *Messer Augustin Gallo*

[7] Au XVIIe siècle, un *lustre*, employé au singulier, est une période de cinq ans

est encore mineur – moins de 30 ans – il lui faut le consentement de Jacques et Françoise, ses deux parents.

♂ **Jean DUPUY**

- Né le 3 novembre 1672 - Sarcé, 72327, Sarthe, Pays de la Loire, FRANCE
- Décédé

Parents
- Jacques DUPUY *1634-1693*
- Françoise PÉAN *†1679*

Union(s)
o Marié *le 4 août 1694, Aubigné-Racan, 72013, Sarthe, Pays de la Loire, FRANCE,* avec Anne RENAULT

Frères et sœurs
- o ♂ Jacques DUPUY *1665-1679*
- o ♂ Pierre DUPUY *1666-*
- o ♂ Charles DUPUY *1668-*
- o ♀ Françoise DUPUY *1670-*
- o ♀ Jacqueline DUPUY *1675-*
- o ♂ François DUPUY *1678-*

Ils emménagent à Aubigné-Racan, dans une ferme. Ah ! Savez-vous qu'il n'existe alors pas de pièce réservée pour satisfaire ses besoins naturels et encore moins de système organisé de collecte et d'évacuation des excréments. Concrètement, Jean et Anne DUPUY utilisent chez eux des pots de chambre (pour les moins riches comme eux, n'importe quel récipient en terre vernissée, en faïence ou en étain, ou dehors ou même la cheminée). Ces pots sont parfois fermés et surmontés d'un siège percé plus confortable, vidés par les domestiques dans les rues avec les ordures, ce qui n'est pas sans conséquences fâcheuses.

La ville d'Angers par exemple connaît au 14ème siècle de « *graves inconvénients de peste et de mortalité qui souvent ont affligé cette ville à l'occasion de ce que plusieurs manants et habitants en icelle n'ont nul retrait en leur maison et font mettre et jeter sur le pavé de soir et de nuit dégoûtantes et abominables immondices dont la ville est fort infestée* ».

A la fin du 17è siècle, un vase de nuit un peu spécial fait son apparition : le bourdaloue : il s'agit d'un vase de nuit de forme ovale pour s'adapter à la morphologie féminine, petit, sur le fond duquel est peint un œil entouré parfois de légendes grivoises ; ce pot se fabrique en divers matériaux: en verre, en étain ou en cuivre, plus léger pour le voyage. Louis XIV en possédait en argent gravé aux armes de la France.

Ah Louis XIV, roi de France… Pendant cette période, le roi poursuit sa politique d'expansion. Quand la guerre de la Ligue d'Augsbourg éclate, il estime que François-Henri de Montmorency-Bouteville, duc de Piney-**Luxembourg,** est le seul à pouvoir faire face au prince d'Orange, et lui donne le commandement de l'armée de Flandre. Le 1er juillet 1690, le maréchal Luxembourg remporte une grande victoire sur le prince de Waldeck à la bataille de Fleurus. A l'approche de l'an 1700, la France s'est agrandi de quelques belles provinces (en orange).

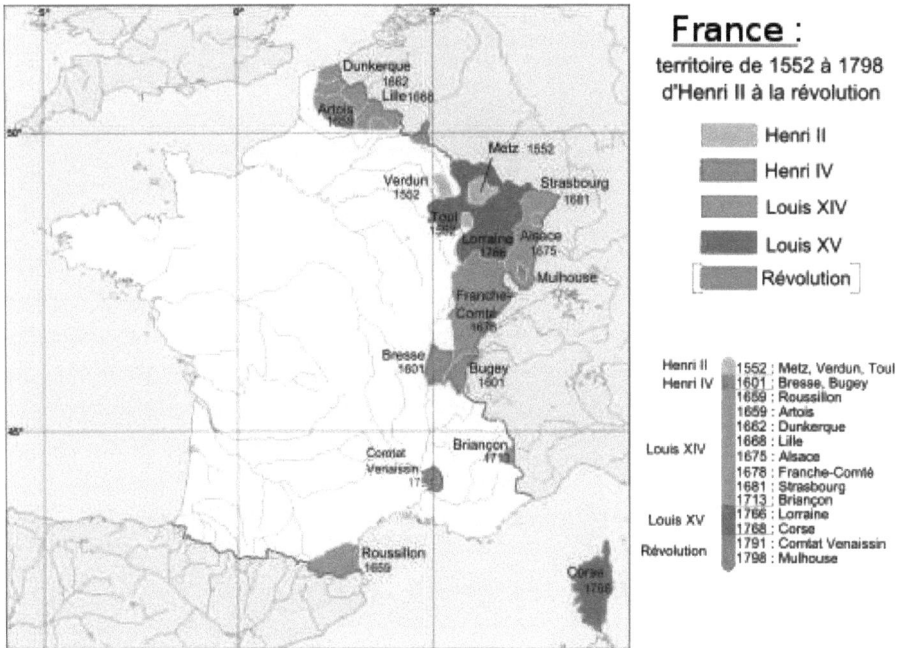

Cette seconde moitié de siècle est témoin d'invention de premiers véhicules à deux roues rudimentaires, propulsés par les pieds. En 1690, un Français invente le **célérifère**; il s'agit d'un véhicule composé d'une simple poutre de bois sur laquelle sont fixées les roues, mais dépourvu de guidon. Le conducteur s'assied sur un coussin posé sur la poutre tandis que, pour propulser et guider la machine, il pousse sur le sol avec ses pieds. Ce ne sera qu'en 1816 qu'un Allemand, l'ingénieur Karl Friedrich Drais, concevra le premier véhicule à deux roues doté d'un système de direction. Cette machine, appelée draisienne, sera dotée d'un guidon qui pivotera dans le cadre, permettant ainsi de tourner la roue avant !

Pas encore de célérifère chez Jean DUPUY et d'Anne RENAULT en 1700... La saga se poursuit avec Jacques DUPUY (**DUPUY-V**), le seul enfant que nous avons pu identifier (à ce stade des recherches).

Génération V (1700 - 1735)

Nous sommes en 1700. Le petit Jacques DUPUY vient juste de naître, sa mère Anne n'a toujours pas eu droit à la chaise d'accouchement, réservée aux familles aisées.. L'accouchement d'une femme du peuple se fait, entourée et aidée par celles qui l'entourent, mère, belle-mère, sœurs, …

Période : 1700-1735

Millions de Français : 21
Roi : **Louis XIV**
Commune d'**Aubigné-Racan** (bailliage de Château-du-Loir)
Monnaie : Livre/Sol
Salaire moyen : **30 livres / mois** (280 euros)
Assiette : L'**ananas**, originaire d'Amérique centrale, arrive en 1733

Pour toute la famille DUPUY, le roi Soleil est une autorité bien lointaine. Que Louis XIV s'accorde en 1700 avec l'Angleterre à propos de la succession des France et des Indes, et désigne son petit-fils, Philippe V, roi d'France, ne changera rien à leur vie quotidienne. La vie quotidienne, déjà aujourd'hui pour Jean et demain pour Jacques, est … de travailler la terre.

Lorsque Jacques touche son premier salaire, il connaît déjà bien la valeur de l'argent. Vers 1720, la livre Tournois – frappée à Tours - équivaut à peu près à 11 euros de l'an 2010. Cinquante livres Tournois, à 550 euros d'aujourd'hui.

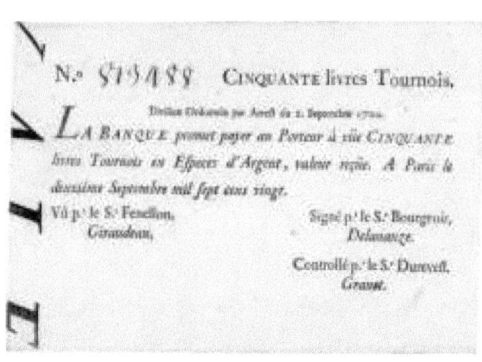

Selon un indice des coûts de la vie, la livre du XVIIe siècle de son grand-père Jacques valait davantage : l'équivalent de 17 à32 euros... Le début du XVIIIème siècle s'annonce difficile...

L'histoire des salaires, c'est l'histoire de ces quatre cinquièmes de la nation qui sont tenus de signer en naissant un pacte avec le travail manuel, qui vendent leur vie pour avoir de quoi vivre, pour jouir seulement d'un nécessaire plus ou moins strict, semblables en cela à des marchands qui se donneraient beaucoup de mal pour revendre leur marchandise au prix coûtant. Jean DUPUY, le père de Jacques, n'a pas d'héritage à léguer ; la famille DUPUY n'a point ou presque point de part à la possession du capital, et ne saurait même, dans son ensemble, en avoir qu'une très faible. Car si, par l'épargne persévérante, le cuivre en leurs mains devient or, l'or aussitôt « devient à rien » ou à peu de chose, précisément à cause de son abondance qui fait à la fois baisser le taux de l'intérêt et augmenter le prix de la vie. Et plus cette classe des travailleurs épargne pour parvenir à cesser son travail, plus elle élève le chiffre minimum du revenu indispensable à l'homme qui veut demeurer les bras croisés, plus elle accroît aussi l'écart entre le loyer de l'argent et sa valeur. C'est un nouveau rocher de Sisyphe, qui ne roule plus au bas de la montagne lorsqu'il en touche le sommet, comme celui de la mythologie antique, mais devant lequel le sommet se dérobe comme si la montagne ne cessait de se hausser à mesure qu'on la gravit.

Cinquante livres, c'est beaucoup d'argent. Jacques n'est pas domestique mais laboureur. Avec un salaire de 100 sols (soit 5 livres) pour le labourage de 12 arpents, Jacques sait que cinquante livres correspondraient à un travail sur 120 arpents. Ou 41 hectares.

Salaires moyens au milieu du XVIIIème siècle

Laboureur pour 12 arpents (4ha 10a)	100 sols
Batteur pour un setier (156 litres)	7 sous
Faneur pour 1 arpent (34,19 ares)	2 livres 5 sols et 2 deniers
Batteleur pour 1 arpent (34,19 ares)	1 livre et 19 sols
Faucheur pour 1 arpent (34,19 ares)	4 livres et 4 sols
Charretier (par mois)	30 livres
Berger (par mois)	28 livres
Domestique (par mois)	12 livres et demi

« Saurai-je capable de labourer 41 hectares avec un soc tiré par mes vaches ? Non, cinquante livres, c'est vraiment beaucoup d'argent. »

Et quel est le coût de la vie en 1720, même si la famille produit en grande majorité ses produits ? Un œuf vaut 10 deniers (un denier vaut 1/12 sou et 1/240 livre).

Viande de bœuf (la livre soit 489 grammes)	4 sols
Cervelle de veau	4 sols
Viande de porc	2 sols et demi
Saucisson (la douzaine)	50 sols
Cochon de lait (la pièce)	2 livres 10 sous
Pigeon (la paire)	8 sols
Poulet (la pièce)	7 sols
Lapin	12 sols
Dindon	23 sols
Oie	22 sols
Perdrix	9 sols
Lièvre	1 livre
Chevreuil (la pièce)	5 livres
Un œuf	14 deniers
Beurre (la livre)	10 sols
Harengs (le cent)	6 livres
Merlans (le cent)	12 sols

Et une pomme ? Que vaut une pomme en 1720 ? En 1726, en Angleterre, William Stukeley rencontre Newton (le 15 avril) ; il raconte : « *Le temps devenant chaud, nous allâmes dans le jardin et nous bûmes du thé sous l'ombre de quelques pommiers, seulement lui et moi. Au cours de la conversation, il me dit qu'il s'était trouvé dans la même situation lorsque, longtemps auparavant, la notion de gravitation lui était subitement venue à l'esprit, tandis qu'il se tenait assis dans une humeur contemplative. Pourquoi cette pomme tombe-t-elle toujours perpendiculairement au sol, pensa-t-il en lui-même. Pourquoi ne tombe-t-elle pas de côté ou bien vers le haut, mais constamment vers le centre de la Terre ? Et si la matière attire ainsi la matière, cela doit être en proportion de sa quantité ; par conséquent, la pomme attire la Terre de la même façon que la Terre attire la pomme. »*

En 1726, Jacques DUPUY a vingt-six ans ; lui, il aime davantage manger ces pommes délicieuses, tombées de leur arbre, que de penser (avec gravité !). Il aime les manger ou boire le cidre qui en est tiré. Longtemps auparavant, la bière était la boisson du peuple et des domestiques *comme moins chère et plus commune*, et le cidre, la boisson de luxe réservée aux maîtres. Il en est différemment ici, dans le Haut-Maine, où le vin est nommé *Monsieur*, et le cidre *Gilles du Pommain, breuvage de maczons*.

Ce fust l'aiinée ou je prins famme ,
Dont Dieu me garde et Notre Dame.
Il là me doint a joye user ,
Car jay bien droit de la loser. (1)
Il fust peu de bledz et de vins
Qui furent bons a toutes fins.
Et fust le peuple recouvré ,
Vignes avoit trop demouré :
Et pourtant de sur les villaiges
Avoit assez cuilly fruictaiges ;
Car sitres fust à grant foueson :
Mais c'est breuvage pour maczons.
Vin de Sainct Denys , à deux solz
Valoit le pot , dont n'estoit saoulz ;
Dix huit deniers Fromentieres ,

Jacques a maintenant 33 ans, il est majeur et peut épouser Marie Choplin. Ils le font à Mayet le 6 aoust (août !) 1733.

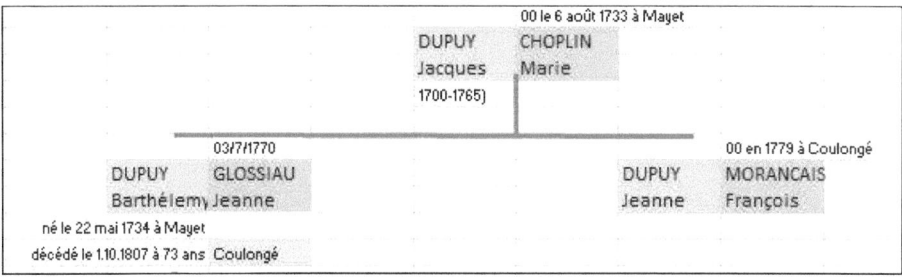

Ils ont (probablement plus que) deux enfants : Barthélemy et Jeanne.

			00 le 6 août 1733 à Mayet	
		DUPUY	CHOPLIN	
		Jacques	Marie	
		1700-1765)		

03/7/1770				00 en 1779 à Coulongé	
DUPUY	GLOSSIAU			DUPUY	MORANCAIS
Barthélemy	Jeanne			Jeanne	François
né le 22 mai 1734 à Mayet					
décédé le 1.10.1807 à 73 ans Coulongé					

Le mois d'octobre 1739 voit commencer un hiver très rigoureux. Partout, le froid, après avoir été vif et continuel depuis le 15 de ce mois, dure encore à la fin du printemps de 1740, la Sarthe, le Loir, la Seine sont pris par des glaçons d'un demi-pied d'épaisseur selon les témoignages du temps. Même à Mayet, le bois devint alors d'une cherté exorbitante. Quand, au mois de mai, le temps s'adoucit et que les gelées cessèrent, il survint des pluies continuelles et abondantes qui pourrirent les grains dans la terre, et rendirent cette année fâcheuse et difficile à passer. Ces pluies continuelles sur le sol gelé provoquent plusieurs épisodes d'inondations sur la Sarthe et le Loir. A Malicorne, sept épisodes d'inondation ont été recensés. Pour la plus importante, l'eau est montée d'environ 5 m au-dessus du « lit ordinaire de la rivière ». A Neuville-sur-Sarthe et la Guierche, les inondations ont duré 6 semaines. Plusieurs moulins ont été emportés à la Chapelle Saint Aubin et à Chemiré-le-Gaudin. Sur le Loir, La Flèche a tellement été inondée que la circulation ne pouvait se faire qu'en bateau. Celle-ci était elle-même dangereuse en raison de la quantité considérable de matériaux entraînés par la rivière. Ont été concernées également les communes de Ruillé-sur-Loir et Château-du-Loir. Jacques va rendre service à ses parents, oncles et tantes, restés à Aubigné-Racan, sous les eaux. Il apprend que la Seine a aussi inondé Paris ; c'est la plus grande crue de tous les temps. **Ici, la disette se fait bien sentir**…

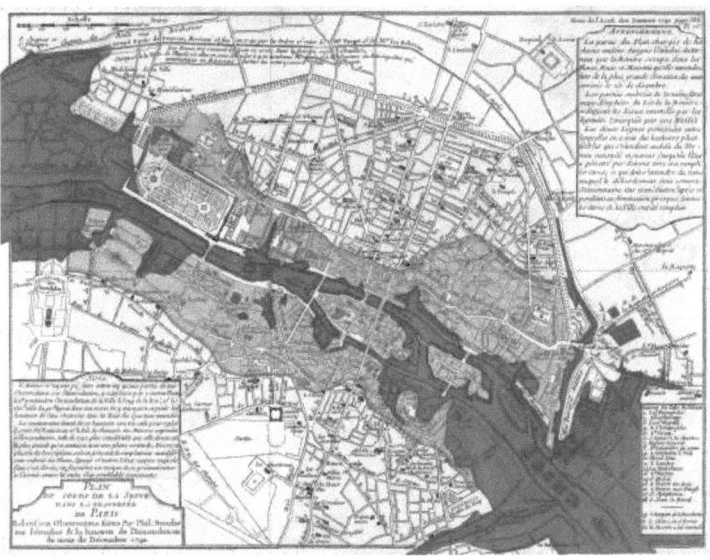

Une question nous taraude, depuis quelques lignes: c'est quoi leur trésor, à Jacques et Marie DUPUY comme à leurs ancêtres ? Qu'est-ce qui les fait se lever matin, ces gens-là de si peu d'espérance ? '*La peur, la faim, le froid, l'espèce à refaire, toujours à refaire l'espèce, jamais aboutie, rien que des ébauches… Qu'est-ce qui les fait s'extirper chaque matin de la glaise chaude, sortir de l'esquisse floue des rêves de la nuit, quitter le brouillard de ces sommeils de bêtes, revêtir ces hardes de chagrin, affronter les gelées, les pluies cinglantes, l'humiliation des parents, la peine des enfants survivants, la*

trahison des meilleurs amis, sans compter les coups de grisou, la maladie, les blessures et la perpétuelle menace du chômage ? […] D'où leur vient cette énergie à survivre et à se reproduire ? Tant d'enfants chez de si pauvres gens… Pourquoi ? Qu'est-ce qui les pousse ? […] Tous ces enfants, ça ne fait pas un Trésor, plutôt un chagrin. [8]

Jacques meurt en 1765. La saga se poursuit avec Barthélemy DUPUY (**DUPUY-VI**), le premier enfant (mâle) de Jacques DUPUY et de Marie CHOPLIN.

---

[8] Sophie Chauveau, 'Noces de charbon'

Génération VI (1735 - 1786)

Retour en arrière de quelques années : le premier fils de Jacques et Marie DUPUY, Barthélemy, naît le 21 mai 1735. Le lendemain, Jacques l'emmène à l'église de Mayet pour le baptiser.

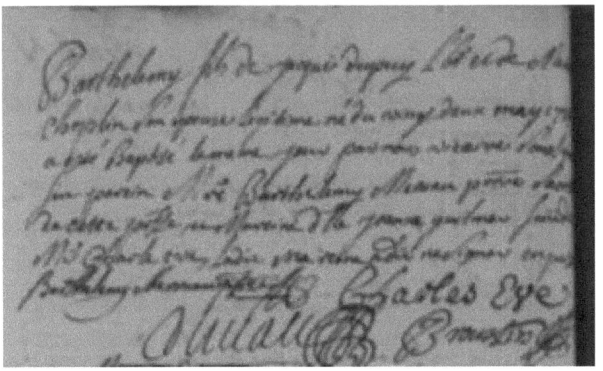

Période : 1735-1786

Millions de Français : 24
Roi: **Louis XV**
Commune de **Mayet**
(bailliage de Château-du-Loir)
Monnaie : Livre/Sol
Salaire mensuel : **30 livres**
Assiette : La **mangue**, dont l'apparition sur notre continent remonte au XVIIIe siècle

Aux alentours de 1740 en France (Barthélemy DUPUY est alors encore enfant), près d'un nouveau-né sur trois mourait avant d'avoir atteint son premier anniversaire, victime le plus souvent d'une maladie infectieuse. La situation change en cette fin du XVIIIe siècle : la mortalité infantile, c'est-à-dire la mortalité des enfants de moins d'un an, baisse rapidement grâce à la découverte d'un médecin de campagne anglais, Edward Jenner. Il découvre qu'une maladie bénigne des vaches, la « *vaccine* », ressemble à la variole. Les fermières, en contact régulier avec le virus de la vaccine en raison de leur métier, ne contractent pas la variole lors des épidémies. Le médecin Edward Jenner contamine alors une personne avec la vaccine via de petites incisions dans la peau. Puis il s'efforce d'infecter son « cobaye » avec la variole, sans succès : celui-ci ne développe pas la maladie. Le nom de « vaccination » est donné à cette opération. Elle connaît un succès retentissant en Europe et donne lieu à l'organisation de grandes campagnes de vaccination antivariolique, jusqu'en Sarthe bien heureusement. Les parents DUPUY, Barthélemy et Jeanne, auront néanmoins à souffrir du décès prématuré de trois de leurs enfants.

Barthélemy DUPUY rencontre assez vite Jeanne GLOSSIAU, mais ils ne se marient pas tout de suite. "*Lorsque les laboureurs et les artisans ne se marient pas, c'est qu'ils attendent à épargner quelque chose pour se mettre en état d'entrer en ménage [...] parce qu'ils voient journellement plusieurs autres de leur espèce qui faute de prendre pareilles précautions entrent en ménage et tombent dans la plus affreuse pauvreté*" (Richard Cantillon, économiste, 1755).

 Barthélemy, en bon maître de famille n'envisage de convoler qu'après s'être assuré qu'il sera en mesure de pourvoir aux besoins de sa femme et de ses futurs enfants. L'âge du mariage est donc fortement lié à la situation économique du pays. Jeanne GLOSSIAU, de son côté, doit travailler 10 à 15 ans en tant que domestiques afin de constituer sa dot. Cela retarde aussi l'âge de leur mariage.

Puis tout est réuni pour qu'ils puissent convoler. La cérémonie a lieu le 3 juillet 1770 à Coulongé, sous le règne de Louis XIII.

Les mariés et leurs invités célèbrent cette union autour d'un repas de noces, au terme duquel ils ne danseront pas. Ce n'est pas encore une coutume en campagne. Ce n'est qu'à partir du règne de Louis XVI que vont se développer les bals publics. Par l'intermédiaire de la création des jardins d'agrément, sur le modèle anglais de Tivoli ou de Vauxhall qui rassemble différents types de loisirs comme la promenade, le concert, le théâtre et où le bal va occuper une place de plus en plus importante. A Paris, près de la Gare Saint-Lazare dès 1766 ou au Ranelagh dès 1774, on voit s'ouvrir ces lieux qui vont démocratiser le bal, l'ouvrant à plus grande mixité sociale puisqu'on y accède plus facilement qu'au fameux bal de l'Opéra.

Barthélemy DUPUY et Jeanne GLOSSIAU auront onze enfants entre 1771 et 1789 : l'aînée Jeanne baptisée le 15 avril 1771, Barthélemy (junior) né en 1772, Jeanne-Marie née en 1774, Pierre né en 1775 (et ne survivant pas deux ans après), Françoise née en 1778, Anne baptisée le 29.5.1779, Marie baptisée le 21 janvier 1781 et décédant en 1782, à nouveau Françoise née en 1782, René baptisé le 23 septembre 1782, François né en 1786, et Magdeleine née le 21 juillet 1789.

			03/7?/1770			
			DUPUY	GLOSSIAU		
			Barthélemy	Jeanne		
			né vers 1734 Miget			
			décédé le 1 III 1807 à 73 ans	Coulongé		

DUPUY	DUPUY	DUPUY	26/4/1808 Coulongé	DUPUY	TACHEAU / TACHIAU	DUPUY
Marie	Françoise	René	FOUQUET	François	Marie-Madeleine	Magdeleine
2V0V1781 - 1782	née en 1782	bapt 23.09.1782	Madeleine	1.9.1786	10.1.1789	21/7/6789 - 12/9/1789
\1782	\1/03/1806					

B. marie Dupuy

Bt. René Dupuy

Bt. Magdeleine Dupuy

Comment a évolué le pouvoir d'achat des DUPUY (par rapport à celui de leurs grands-parents en 1720) ? La ménagère Jeanne DUPUY née GLOSSIAU s'en sort-elle mieux, soixante ans après ? Les produits de la mer et des marais salants ne viennent probablement pas souvent remplir son panier ...

Produit	Unité	Prix en livres	Prix en euros
Savon	Livre (poids)	0,75	6,00
Sucre	Livre (poids)	1,80	14,40
Chandelle	Livre (poids)	0,70	5,60
Café	Livre (poids)	1,20	9,60
Poulet	Unité	0,30	2,40
Œufs	Douzaine	0,25	2,00
Canard	Unité	0,75	6,00
Pommes	Livre (poids)	2,00	16,00
Sardines	Cent	4,20	33,60
Huile d'olives	Bouteille	2,20	17,60
Huîtres	Cent	1,80	14,40
Sel	Boisseau	5,50	44,00

Le panier de la ménagère en 1781

Source : le carnet de compte du régisseur du château de Matha (AD 17)

Le prix que Barthélemy et Jeanne DUPUY paient pour leur fermage, comprenant maison, grange, étable, jardin, prés, terres et patureaux, est de

100 livres par an[9] ainsi que 6 livres de beurre et autant de fromage et six chapons. S'ils veulent acheter un ensemble de terres à sarrazin, prés et le communal, ils doivent sortir 150 livres de leur épargne. Le prix d'une brebis et son agneau est de 5 livres, celui d'une vache et de son veau, 40 livres (soit 102 € 2006), celui d'une génisse et d'un taureau, 45 livres. Un lit complètement équipé avec son chevet : 10 livres. Un vaisselier et son buffet avec tiroirs et serrure, 15 livres (soit 38 € 2006).

La saga se poursuit avec François DUPUY (**DUPUY-VII**), le quatrième enfant (deuxième enfant mâle) de Barthélemy et Jeanne DUPUY. Barthélemy décèdera le 1er octobre 1807.

---

[9] soit 380 € 2006. Ces éléments ont été relevés sur les actes notariés de l'époque, les éléments monétaires sont issus des données communiquées par le service communication de la Banque de France (copyright tous droits réservés Jean Monange)

Génération VII

(1786 - 1816)

Période: 1786-1816

Millions de Français : 29
Roi : **Louis XV**
Lieu : Mayet
Monnaie : Livre -> Franc
Salaire moyen : 1
Livre/jour puis **1 Franc par jour**
Assiette : la **banane**

François DUPUY est baptisé le 3 septembre 1786 à Coulongé (Sarthe).

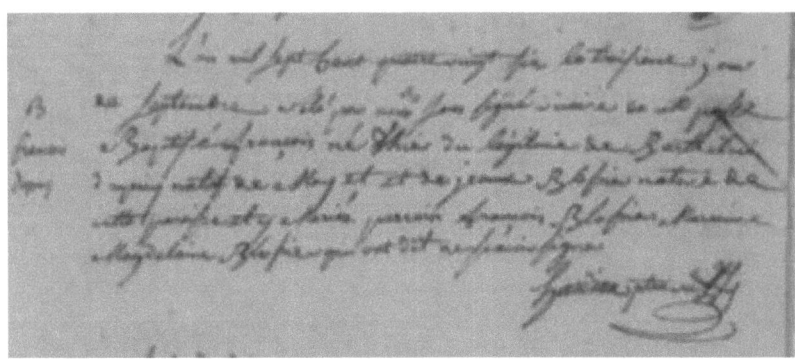

La vie des DUPUY, comme celle des quatre cinquièmes des Français, est très difficile. Tout le long de ces deux siècles, la valeur de la livre Tournois a dégringolé, Louis XVI avec ses conseillers n'étant pas, loin de là, le plus mauvais gestionnaire de l'argent public.

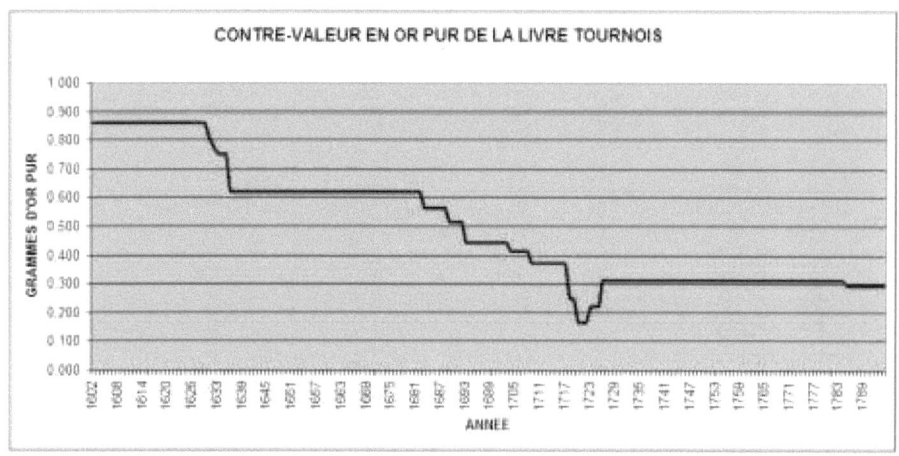

Parmi eux, Calonne remet au roi son *Précis sur l'administration des finances*, mémoire qui propose un programme hardi de réformes administratives et fiscales inspirées de celle de Turgot : création de la subvention territoriale, impôt foncier payable par la noblesse et le clergé, transformation de la corvée des taillables par un impôt en argent, suppression des douanes intérieures, liberté de commerce des grains, création d'assemblées provinciales et municipales élues au suffrage censitaire sans distinction d'ordre. Plus tard, un arrêt du Conseil d'État substitue provisoirement à la corvée une addition de taille, à titre d'essai pour une période de trois ans. Rien n'y fera, le peuple a faim, il sourd la révolution …

En 1789, a lieu le suffrage censitaire indirect par Ordre et pour la désignation des membres des Etats généraux convoqués par Louis XVI le 24 janvier 1789. *Censitaire* signifie que seuls les hommes de plus de 25 ans payant un impôt direct (un cens) égal à la valeur de trois journées de travail ont le droit de voter. Ils sont appelés « *citoyens actifs* ». Les autres, les « *citoyens passifs* », ne peuvent pas participer aux élections. Barthélemy DUPUY a bien plus de 25 ans en 1789 et paie un cens ; pour la première fois de sa vie et de <u>celle de ses ancêtres</u>, il va pouvoir participer à un suffrage national. Le Tiers état obtient deux représentants pour un de la noblesse et un du clergé, alors qu'il représente probablement plus de 90 % de la population. Sous *l'Ancien régime*, il y avait bien des formes de suffrage censitaire (même élargi dans certains cas aux femmes), mais pour les conseils communaux, les corporations, ou les assemblées provinciales. Ici, il s'agit d'un suffrage censitaire – indirect – pour toute la France !

Ainsi pour cette occasion, Barthélemy DUPUY se rend à l'assemblée convoquée à la Flèche, avec son beau-frère François MORANCAIS, et peut contribuer au vote, à la main levée, des députés représentant le Tiers Etat. Son choix va à Julien-Camille Le Maignan, lieutenant criminel en la Sénéchaussée de Beaugé. Les feuillets du règlement des Etats Généraux, distribués à ceux qui le souhaitent et qui savent lire ne rejoignent pas les mains de notre ancêtre...

Pour la Sénéchaussée d'Angers et ses Sénéchaussées secondaires (Beaugé, Beaufort, Château-Gontier, La Flèche) 16 députés sont ainsi désignés.

Sénéchaussées de l'Anjou en 1789

- ☐ Sénéchaussée principale d'Angers
- ☐ Sénéchaussée secondaire de Baugé
- ☐ Sénéchaussée secondaire de La Flèche
- ☐ Sénéchaussée secondaire de Beaufort
- ☐ Sénéchaussée secondaire de Château-Gontier
- ☐ Sénéchaussée de Saumur
- ☐ Sénéchaussée de Loudun
- ☐ Limites départementales du Maine et Loire

Pour le **Clergé** :

- Pierre-Jérôme Chatizel, curé de Soulaines, près Angers.
- Jacques Rangeard, archiprêtre d'Angers, l'un des trente de l'Académie des sciences et belles-lettres d'Angers, curé d'Andard.
- Laurent-François Rabin, curé de Notre-Dame-de-Cholet.
- Louis-François Martinet , chanoine régulier de la Congrégation de France, prieur-curé de Daon.

Pour la Noblesse :

- Augustin-Félix-Elisabeth Barrin La Galissonnière, chef de nom et armes, seigneur de la sirerie et principauté de Pescheseul, du marquisat de la Guerche et autres lieux, maréchal de camp, employé dans la division des troupes du Dauphiné, grand sénéchal d'épée héréditaire des cinq sénéchaussées de la province d'Anjou et pays Saumurois.
- Jean-Guillaume de La Planche de Ruillé, demeurant à Angers.
- Jean-Charles-Antoine Morel de Dieusie, demeurant à Angers.
- Renaud César de Choiseul-Praslin, duc de Praslin.

Pour le **Tiers état :**

- Marie-Joseph Milscent, lieutenant particulier en la sénéchaussée et siège présidial d'Angers.
- Chassebœuf de Volney (Constantin-François), bourgeois, demeurant à Angers.
- Louis-Marie de La Révellière-Lépeaux (I) (Louis-Marie), bourgeois à Angers, avocat au parlement de Paris.
- Jean-François Riche, négociant à Angers.
- Thomas-Marie-Gabriel Desmazières, conseiller au présidial d'Angers.

- Louis-Étienne Brevet de Beaujour, avocat du roi au présidial d'Angers.
- Louis-François Allard, médecin à Château-Gontier.
- Julien-Camille Le Maignan, lieutenant criminel en la sénéchaussée de Beaugé.

Puis en juillet 1789, Barthélemy DUPUY apprend les nouvelles incroyables venant de Paris non pas par le journal, la *Gazette de France*, mais par le bouche à oreille. *La Gazette* reste silencieuse sur les événements de la Révolution, elle n'aborde même pas la prise de la Bastille le 14 juillet 1789, se limitant aux actes du gouvernement.

De toute façon, la nouvelle la plus importante pour la fratrie est la naissance, le 21 juillet 1789, de Magdeleine, la onzième des enfants !

Après 1789 s'en suit une période de profond changement : un décret décidant la division de la France en départements est voté par la toute nouvelle Assemblée constituante le 22 décembre 1789. Le nombre exact de départements (83) est établi par le décret du 15 janvier 1790 et leur existence prend effet le 4 mars 1790 suivant.

Comme une soixantaine de départements en France, celui où habitent Barthélemy et Jeanne DUPUY prend le nom du cours d'eau qui traverse le Mans : la Sarthe. Il correspond essentiellement au « Haut-Maine », qui formait la moitié orientale de la province du Maine. La partie Sud-Ouest du département correspondant à la vallée du Loir relève historiquement du Haut-Anjou, et est dénommée Maine angevin. Comme les 388 143 autres habitant ce territoire, Barthélemy et Jeanne deviennent Sarthois.

Le second changement ne tarde pas : la monnaie. Avant la Révolution et sous l'Ancien Régime, l'unité monétaire était la livre, parfois appelé « franc ». Celle-ci était divisée en sous et en deniers (douze deniers faisant un sou et vingt sous faisant une livre). L'écu d'argent valait six livres, le louis d'or vingt-quatre livres.

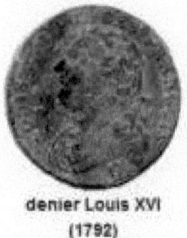

denier Louis XVI (1792)   Ecu de 6 livres Louis XVI (1792)   Ecu de 6 livres Louis XVI (1792)

C'est avec la monnaie que s'institua d'abord le nouveau système, appelé métrique. Par le décret du 17 frimaire an II (7 décembre 1793), la Convention divisait la livre en décimes et centimes. Puis le 18 germinal an III (7 avril 1795), il fut décrété que la livre se nommerait désormais « franc ». Le poids des pièces fut défini le 15 août 1795, la pièce d'un franc en argent devant peser cinq grammes. Le Directoire imposa le mot « franc » par la loi du 17 floréal an VIII (7 mai 1799). Pratiquement du jour au lendemain, à partir du 7 avril 1795, le Franc remplace la Livre avec la règle de conversion suivante : 1 Franc = 1 Livre 3 Deniers, soit 4,5 gr d'argent.

Néanmoins, Barthélemy DUPUY s'interroge ; la révolution a commencé avec des revendications très simples ; '*du pain pour la famille, du lait pour les enfants, du savon pour se laver... Ces revendications sont portées par ceux que l'Histoire a nommés les enragés : Jacques Roux, Clair Lacombe, Théophile Leclerc, François Varlet. Ils voulaient taxer les denrées, réquisitionner les grains, combattre les agioteurs et les accapareurs. Ensuite ils ont voulu la démocratie directe et la révocabilité des élus. Ils ont été le sel de la Révolution française, son sel et son étincelle. Qui les a combattus ? Danton et Robespierre, Marat et Hébert, autrement dit, les huiles de la Révolution française. Robespierre les a envoyés à la guillotine, comme tous ceux qui ont empêché son pouvoir personnel. De quoi a accouché la Révolution pour les gens simples et modestes [comme Barthelemy et Jeanne DUPUY] ? De rien ... Ils étaient pauvres et exploités sous un régime monarchique. Ils sont restés pauvres et exploités sous un régime républicain.'*[10] C'est ça, ce que se dit Barthélemy en observant l'avant et l'après 1789 ...

Les parents Barthelemy et Jeanne sont néanmoins contents: pour leur jeune François, maintenant de 6 ans, il y aura bientôt l'école. Longtemps l'école a été une institution destinée en priorité aux futurs clercs. Les enfants étaient alors éduqués en famille, à l'atelier, et à l'église, mais aux XVIe et XVIIe siècles, on a vu se développer des écoles accueillant des enfants depuis l'âge de 5-7 ans jusqu'à l'adolescence. C'est le cas[11] de Coulongé depuis quelques années seulement.

Evidemment, l'école fournit également un remède à l'oisiveté, la mère de tous les vices, ou le vagabondage. Et l'école, entre autres choses, socialise les enfants dans le respect de l'ordre. Comme tout enfant pauvre risque de devenir vagabond et donc de représenter un danger pour l'ordre public, l'école peut contrebalancer l'éventuelle mauvaise influence familiale, et à plus long terme lutter contre la pauvreté sous ses formes les plus inacceptables : mendicité, refus de travailler, rébellion. Pour l'autorité civile, et surtout municipale, de Coulongé, une politique de secours bien pensée ne peut négliger l'encadrement des enfants du peuple en un temps où la recrudescence des vagabonds leur apparaît évidente et irrépressible.

Ainsi, le petit François DUPUY va à l'école (tout du moins, selon notre hypothèse[12]). Et évidemment, aller à l'école pour un petit garçon s'exprimant en patois sarthois, c'est aller apprendre une seconde langue. Ce serait

---

[10] *Michel Onfray, 'Théorie de la dictature' (2019)*

[11] En cours de vérification...

[12] Cinq sondages (1686-1690, 1786-1790, 1816-1820, 1866, 1872-1876) recensent dans les actes de mariage la capacité des futurs époux (hommes et femmes) à signer. L'indicateur 'signature' en tant que mesure de l'alphabétisation est discutable ...

comme si vous deviez apprendre la fable *Le corbeau et le renard* de Jean de la Fontaine ... en parler sarthois !

La couâ et le r'nâ

Aun' couâ bin neire, su eun' terrouesse cruchée,
T'nait en son bé, un grous froumaige.
V'là qu'un gâs r'nâ, pa la sente appâté,
S'amène et, dans son parlement,
C'mince à déberteler son compliment :
« Bon l'bonjou, môssieur de la Couâ.
Ça qu'iest-i qu'jêtes dons vout nocial ?
Ou qu'censément, qu'jiriez au bal ?
Vous v'la, ma foé, tout pourri biau. [...]

Pour Barthélemy et Jeanne DUPUY, ainsi que leurs enfants Marie, Françoise, René, François et Magdeleine, c'est une période difficile. Après la Révolution, la **Chouannerie** émerge, en mars 1793, dans les départements du nord de la Loire, couvrant le Maine et le Haut-Anjou, ainsi qu'en Basse-Bretagne. La Chouannerie, c'est le nom donné à cette guerre civile qui oppose Républicains et Royalistes. Le caractère fort indépendant des habitants de ces contrées leur fit adopter un style d'opération complètement différent de celui de la Vendée militaire. Avec les Chouans, point d'armée, point de nobles mais, dans chaque paroisse, une compagnie, avec à sa tête un capitaine élu, parfaitement autonome et, en général, très jaloux de son autorité. Ces compagnies, au début essentiellement des paysans, qui pourront comprendre aussi bien vingt hommes que cent ou plus agiront seules ou en se regroupant à plusieurs selon l'importance estimée de l'opération envisagée. La méthode d'action adoptée sera la pratique de la *guerilla, se* traduisant généralement par des embuscades contre les convois et les troupes bleues ou des coups de main dans les villes. Barthelemy DUPUY a bientôt soixante ans; la guérilla, ce n'est pas de son âge, ni dans ses convictions.

La Chouannerie de la Révolution cessera en 1800 lorsque Bonaparte aura mis fin aux persécutions religieuses. Sept ans de guerre civile, une douzaine de départements embrasés, des morts par milliers et des haines inexpiables, voilà, selon Barthélemy DUPUY, ce qui pourrait constituer un abrupt résumé de cette période.

A partir de 1798, les DUPUY comme tous les Français vont connaître un autre profond changement : la **conscription universelle et obligatoire**. La loi Jourdan-Delbrel adoptée le 5 septembre 1798 institue cette « conscription universelle et obligatoire » pour tous les hommes français âgés de 20 à 25 ans, c'est-à-dire le service militaire obligatoire. Cette loi était destinée à faire face à la grande démobilisation consécutive à la chute de Robespierre en 1794. C'est le texte fondateur du service national en France, qui permettra à Napoléon Bonaparte d'alimenter les armées jusqu'en 1815. Le petit François DUPUY est trop jeune, il vient d'avoir douze ans. Mais ces descendants masculins devront faire leur *service national*.

Puis arrive l'an 1813. Depuis le décret du 20 septembre 1792, l'âge de la majorité civile est abaissé à 21 ans pour les hommes comme pour les femmes. Ce décret faisait suite à celui du 28 août 1792 abolissant la puissance paternelle sur les majeurs. Cette législation de 1792 a aussi soustrait le mariage à la juridiction de l'Église, transformant le mariage en un contrat laïc conclu devant un officier civil avant le mariage religieux. Elle instaure par ailleurs le divorce au nom du respect de la liberté.

Ce 12 février 1813, François DUPUY a vingt-sept ans, il est majeur. Il peut épouser Marie Madeleine TACHIAU, à l'église de Coulongé (Sarthe), sans demander le consentement de ses parents.

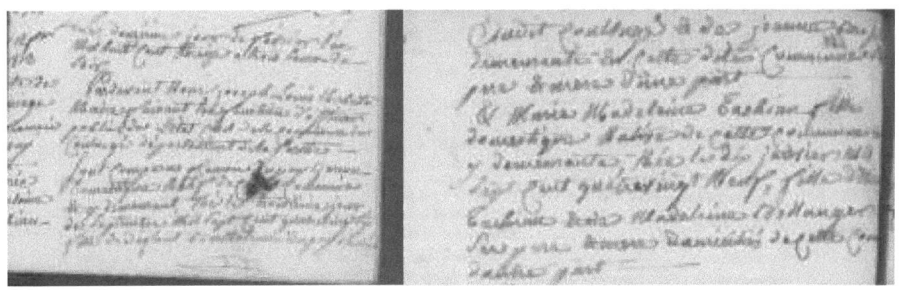

Ces nouvelles dispositions de 1792, qui favorisent la nuptialité, n'ont toutefois que peu d'incidence sur les pratiques du monde rural, comme ici à Coulongé. Les rituels matrimoniaux y demeureront inchangés encore une grande partie du XIXe siècle : regardé comme un événement qui s'inscrit dans le cycle de la vie, le mariage reste un rite de passage. Obéissant à un folklore, il culmine toujours avec la cérémonie religieuse, elle-même suivie de festivités collectives qui prendront une importance particulière surtout vers le milieu du siècle, en plein âge d'or des campagnes françaises.

La gravure de Joseph Bellangé ci-après représente le moment où, lors d'une noce villageoise (ici en Basse-Normandie), la belle-mère apporte le trousseau de la mariée dans une charrette attelée de deux vaches et d'un cheval. En haut du chargement trône une armoire massive que retient une corde. Élément fondamental de tout mariage, le trousseau fait ici l'objet d'un transport au cérémonial bien codifié et prend ainsi la dimension d'un rituel symbolique de passage : la mariée – Marie Madeleine TACHIAU - a quitté son ancienne demeure pour entamer une nouvelle vie auprès de son époux, François DUPUY.

Le mariage, c'est aussi un rite de passage: accompagné de son épouse, le marié – François DUPUY - est « rançonné » par les gens du village qui tendent une corde devant eux. Les musiciens qui jouent du tambour et de la trompette, les villageois qui assistent à la scène de leur fenêtre ou dans la rue, montrent bien que le mariage est une festivité collective.

Il est même possible que le mariage de François DUPUY et de Marie Madeleine TACHIAU soit la première occasion pour les DUPUY de ... danser ! Danser ? En effet, il y a plus de vingt ans, en juillet 1790, pouvait-on lire pour la première fois sur la porte d'entrée du bal de la « Salle verte » érigé sur les ruines de la Bastille: **"Ici, l'on danse"**. Oui, malgré les interdits, les règles sociales et morales, le bal est en train de devenir le grand plaisir du corps, de la musique, de la séduction, de l'échange. Et dans quelques années (fin du XIXe siècle), les Français découvriront des horizons plus vastes: des danses exotiques venues d'Amérique ou d'Amérique latine comme le fox-trot, le tango, la biguine, etc. Une nouvelle manière de bouger, d'une nouvelle corporéité qui transformera le rapport à la pudeur, et les rapports entre hommes et femmes.

La même année 1813, François et Marie-Madeleine ont un premier enfant, François, né à Luché-Pringé (puis Etienne né en 1816, Françoise et René né en 1819).

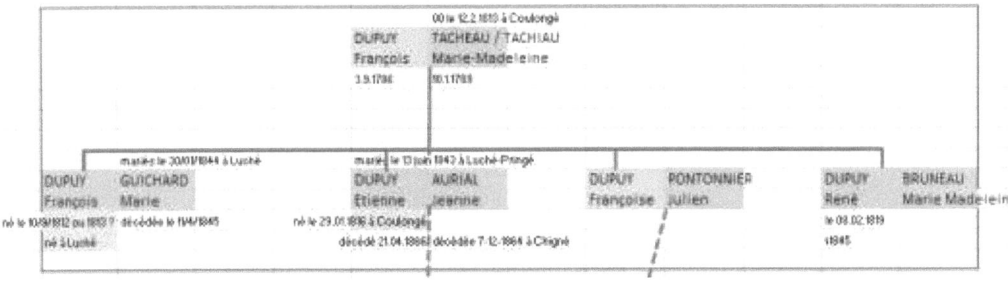

Approche l'année 1815... Le 26 février, Napoléon quitte l'Ile d'Elbe. Il débarque à Golfe-Juan avec 500 hommes. C'est le début des Cent-Jours. Il rallie les troupes envoyées pour l'arrêter et soulève l'enthousiasme des populations lors de son passage à travers la France. Le 5 mars, Louis XVIII apprend, quatre jours plus tard, le débarquement de Napoléon en Provence. L'information du débarquement de Napoléon et de sa marche sur les Tuileries arrive très vite en Sarthe, par le biais des *Brutions* du Prytanée[13] à la

---

[13] Napoléon Ier voulant faire restaurer le château de Fontainebleau, l'École spéciale impériale qui s'y trouvait est transférée à Saint-Cyr dans les locaux du *Prytanée militaire*. Ce lycée militaire doit alors lui aussi changer de lieu. La municipalité fléchoise se porte candidate pour accueillir l'établissement, dans

Flèche. Les DUPUY s'en réjouissent… Napoléon approche des Tuileries, Louis XVIII supplie l'armée de lui être fidèle pour éviter une occupation étrangère de la France. Puis l'ex-Empereur arrive aux Tuileries pendant que Louis XVIII, isolé, s'enfuit en Belgique et monte un gouvernement sans pouvoirs réels.

Pour faire face à Napoléon, le Pacte des Alliés à Vienne donne naissance à la **Septième Coalition**. Les 100 000 prussiens de Blücher cantonnent autour de Namur et les 93 000 Hollando-Germano-Britanniques de Wellington autour de Bruxelles. Napoléon, qui pense pouvoir les surprendre et les battre séparément, marche vers la Belgique avec 125 000 hommes. Mais le 18 juin signe sa défaite à Waterloo, contre les troupes prusso-britanniques des généraux Duc de Wellington et Blücher. Napoléon rentre à Paris et, ayant perdu tout appui, il abdique pour la deuxième fois.

Les DUPUY de Coulongé – François DUPUY et Marie-Madeleine, René DUPUY son frère et Madeleine FOUQUET, ainsi que les sœurs DUPUY – ont suivi cette épopée grâce au journal local[14], les 'Affiches du Mans'.

1816, notre saga se poursuit avec Etienne DUPUY (**DUPUY-VIII**), le second fils de François et Marie-Madeleine DUPUY.

---

l'espoir de retrouver une grande maison d'éducation pour la ville. Le maire de La Flèche Charles-Auguste de Ravenel adresse à l'Empereur une notice historique et descriptive du Collège terminée par une supplique. L'empereur y répond favorablement et décide de transférer le Prytanée à La Flèche. Le décret de fondation est signé le 24 mars 1808, et le transfert prévu pour le 1er juin suivant. Le nombre de places est fixé à 400, dont 200 places gratuites aux frais du gouvernement, réservées de préférence à des fils de militaires sans fortune, et 200 places de pensionnaires. François DUPUY ne se doute qu'un de ses descendants (au moins) y entrerait...

[14] Au XVIIIe siècle, chaque grande ville de province possède sa feuille, ou "Affiches". On y trouve, avec des variations pour chaque titre, des renseignements pratiques, légaux ou commerciaux, des articles de science, de médecine, d'économie rurale ainsi que des critiques littéraires et théâtrales. On distingue les journaux d'information locale, ou feuilles d'annonces, des journaux politiques, qui se développent véritablement avec le vote des lois de Serre sur la presse en mai et juin 1819. Les journaux spécialisés prennent leur essor à cette même période.

Génération VIII

(1816 - 1849)

Période: 1816-1849

Millions de Français : de 30 à 46
Rois de la **Restauration**
Lieu : **Coulongé**
(département de la Sarthe)
Monnaie : **Franc**
Salaire d'un journalier : 1 Franc / jour
Assiette : tripes, abats et charcuteries

Leur second fils, Etienne DUPUY (*DUPUIS ou DUPUIT* dans l'acte civil) nait à Coulongé (72) en 1816.

Etienne rencontre Jeanne ORIAL à Luché-Pringé, à deux heures à pied de Coulongé. A quelle occasion?
Les états civils ne le disent pas ! Ils se marient le 13 juin 1843 à Luché-Pringé.

Etienne et Jeanne DUPUY s'installent à Luché-Pringé.

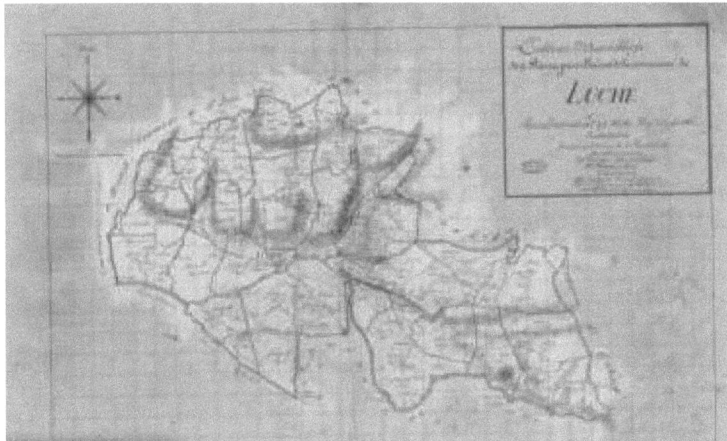

Etienne et Jeanne DUPUY (DUPUIS) ont une première fille, Jeanne, née le 13 août 1843 (à Luché-Pringé).

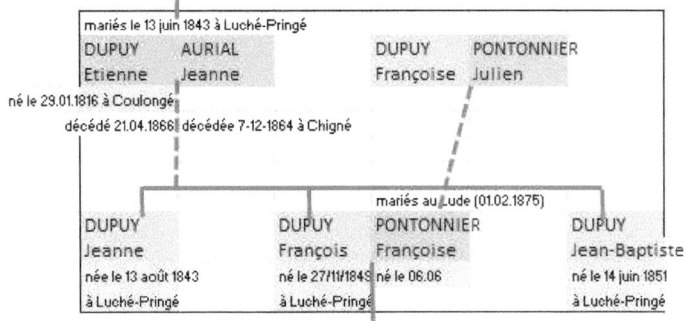

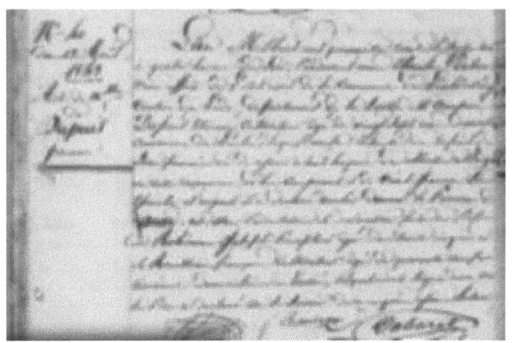

Février 1848, c'est à nouveau la révolution, qui renverse la monarchie constitutionnelle au profit d'un nouveau régime républicain. Celui-ci est dirigé par un gouvernement provisoire. L'élaboration d'un nouveau texte constitutionnel est l'objet de débats ayant notamment pour objet le rôle et le mode de désignation du chef de l'État. Loin d'être uniquement théoriques, ces débats ont eu pour toile de fond un climat politique troublé par le drame des journées de Juin. Puis il est décidé d'organiser une **élection présidentielle**, pour désigner le président de la Deuxième République française. Elle a lieu les 10 et 11 décembre 1848 et se conclut par la victoire écrasante (74,33 %) de Louis-Napoléon Bonaparte, élu au premier tour au suffrage, pour un mandat de quatre ans. Il s'agit de la première élection présidentielle dans l'histoire de France, au scrutin universel (masculin). Etienne DUPUY se rend à la mairie de Luché-Pringé et dépose son bulletin. Gageons qu'il vote pour le candidat Bonapartiste et non pour Lamartine.

Côté descendance des DUPUY, un second enfant, François, nait en 1849, puis son frère, Jean-Baptiste (Dupuits), nait le 14 juin 1851.

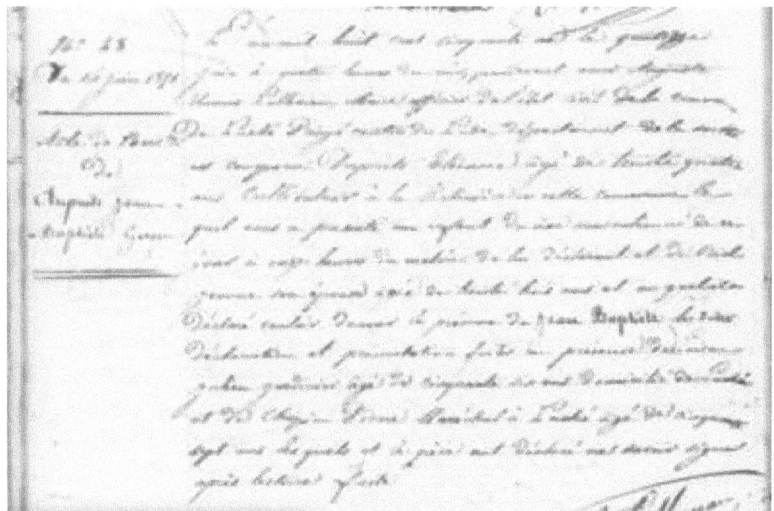

Au niveau national, un **coup d'État se prépare …** Louis-Napoléon Bonaparte, président de la République depuis trois ans, veut conserver le pouvoir à quelques mois de la fin de son mandat, alors que la Constitution de la Deuxième République lui interdit de se représenter. Alors, le matin du 2 décembre 1851, Louis-Napoléon Bonaparte édicte six décrets proclamant la dissolution de l'Assemblée nationale, le rétablissement du suffrage universel masculin, la convocation du peuple français à des élections et la préparation d'une nouvelle constitution pour succéder à celle de la Deuxième République (celle-ci, proclamée en février 1848 a duré moins de quatre ans).

Si le peuple de Paris réagit relativement peu pour défendre une assemblée conservatrice qui l'a dépouillé d'une partie de ses droits politiques, ce n'est pas le cas dans les zones rurales de près d'une trentaine de départements et en particulier en Sarthe. À la suite de cette insurrection républicaine de province, la Sarthe et trente-et-un autres départements sont mis en état de siège dès le 8 décembre 1851. Dans certains endroits, les républicains prennent les armes et marchent sur les chefs-lieux. La résistance menée à

Paris ou en province par les républicains (Victor Schoelcher, Victor Hugo...), par des membres du parti de l'Ordre non ralliés (le père Lacordaire Lacordaire, le prince de Broglie) est écrasée par l'armée en quelques jours. Avec les siens, Etienne DUPUY se tient à l'écart de l'insurrection, même s'il est déçu par le coup d'état de celui qui se fera appelé Napoléon III.

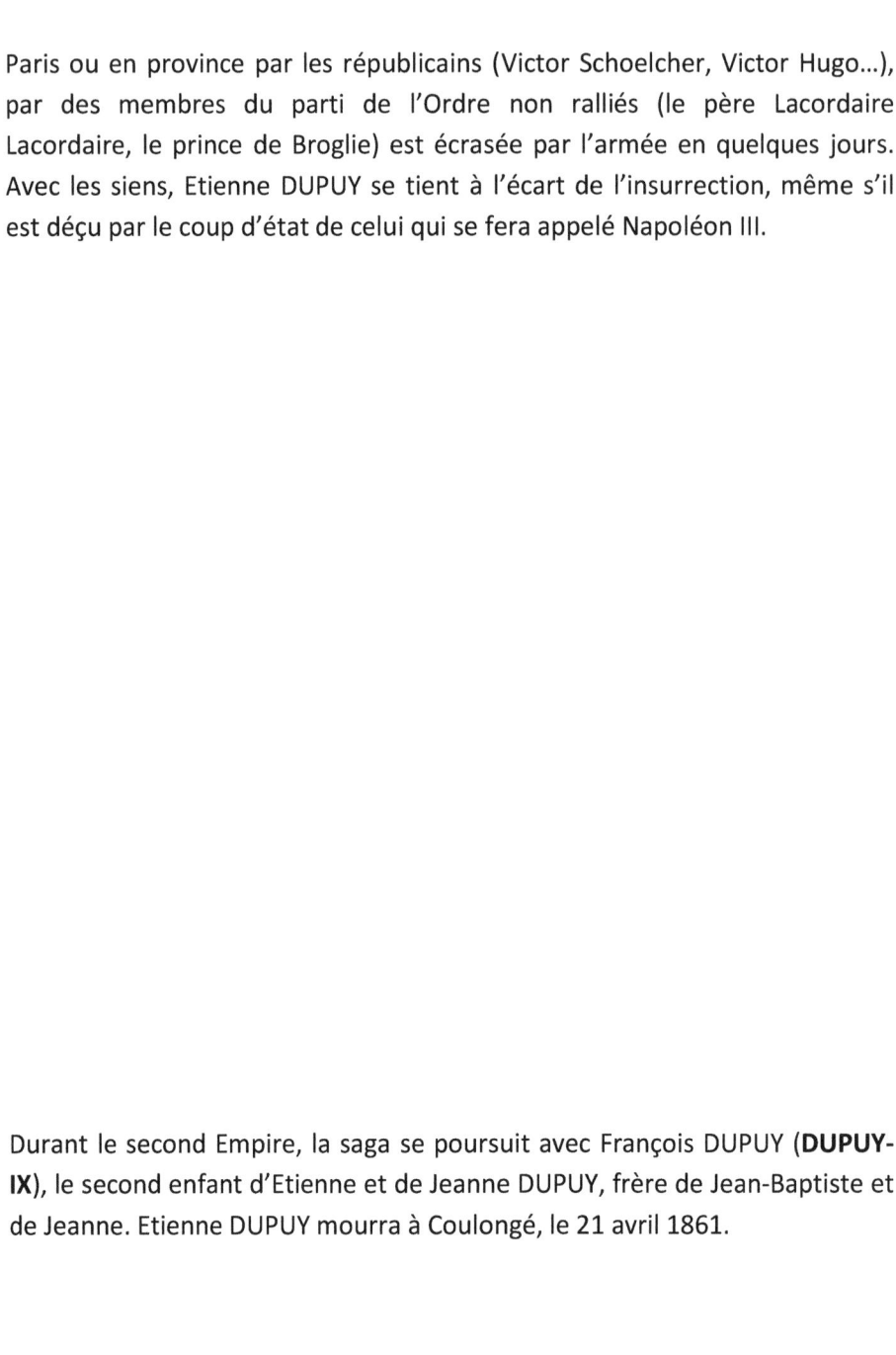

Durant le second Empire, la saga se poursuit avec François DUPUY (**DUPUY-IX**), le second enfant d'Etienne et de Jeanne DUPUY, frère de Jean-Baptiste et de Jeanne. Etienne DUPUY mourra à Coulongé, le 21 avril 1861.

Génération IX *(1849 - 1876)*

François, le second enfant d'Etienne et Jeanne DUPUY, nait le 27 novembre 1849, à Luché-Pringé. Le registre affiche cette naissance dans un coin de page, avec la mention : voir le 28 juin 1870 (!?!).

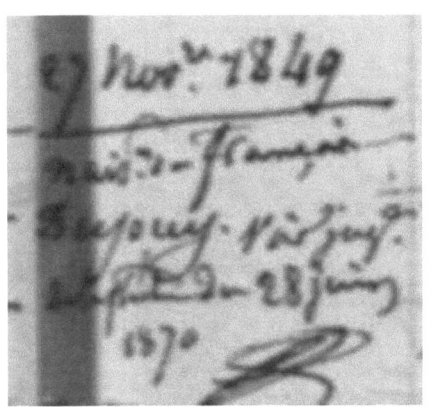

Période: 1849-1876

Millions de Français : 37
Président : **Napoléon III**
Lieu : Luché-Pringé /
Sarthe
Monnaie : **Franc**
Salaire moyen : 4.5F par jour
Assiette : pendant la guerre 1870, on mange de tout (chien, chat vendu quinze francs la pièce, rat)

Même si François est encore jeune pour tout comprendre, son père Etienne lui raconte l'arrivée en Sarthe du **chemin de fer**. Au Mans tout d'abord, qui est un gros bourg déjà bien situé, à un carrefour routier important. Nous sommes au début des années 1840. Le tracé de la ligne Paris-Brest est à l'étude. On sait bientôt qu'elle passera par Chartres et qu'elle rejoindra Laval. Mais entre les deux, le doute subsiste : faut-il passer par Le Mans ou par Alençon ? Les enjeux économiques sont considérables pour les deux villes qui vont tout tenter pour décrocher la station. Le Mans l'emporte finalement en mai 1846.

Etienne continue de partager la suite des avancées ferroviaires avec son fils: la première locomotive fait son entrée en gare du Mans le 9 avril 1854, près de deux mois avant les grandes festivités inaugurales des 28, 29 et 30 mai. La gare des voyageurs entre alors en fonction.

« *Jusqu'à présent, François, pour faire Paris-Le Mans, il fallait prendre la diligence* ». Puis, quand les premières lignes de chemin de fer sont créées, les Sarthois peuvent prendre la diligence jusqu'à Chartres ou à Blois et monter dans le train là-bas. Sachant qu'il faut déjà douze heures pour atteindre Blois en voiture à cheval... « *Maintenant, la gare la plus proche est au Mans. Tchou-tchou !* » fait-il alors pour clore son histoire.

Plus tard en 1871, François DUPUY pensera à son père, entre-temps décédé, quand la Ligne 80 – 32.500 km entre Aubigné-Racan, Le Lude, Luché-Pringé et La Flèche - sera mise en exploitation par la Compagnie du Paris-Orléans. Etienne DUPUY aurait tant aimé emprunter le train une fois dans sa vie, même s'il lui avoua qu'il avait peur de se transformer en glaçon, par la vitesse… La ligne fermera son service pour voyageurs le 15 mai 1938.

Malgré cet émerveillement, la vie des parents de François DUPUY n'a pas changé durant cette période (du second Empire): travailler pour gagner… peu. S'ils le souhaitent, ils pourront comparer leur salaire en accédant aux informations de l'office du Travail, créé en 1891 : *le mineur gagne en moyenne 840F par an en 1869, il en touchera 1330F en 1900 puis 1562F en 1912. La moyenne des salaires était en 1872 de 4.5 F par jour à Paris, de 3F en province ; elle passe à 7F et 4,50F en 1901, à 8F et 5.25F en 1913. La femme, pour le même travail, gagne 25 à 50% de moins que l'homme, sauf dans certaines branches hautement qualifiées comme le travail des métaux précieux et des pierreries (9.25F à Paris). Les variations sont naturellement considérables : le gain annuel varie à Paris de 680F dans certaines entreprises de confection à 2560F dans les fabriques de porcelaine.*

François DUPUY grandit… Il côtoie beaucoup sa cousine Françoise PONTONNIER d'Aubigné-Racan. En septembre 1870, alors que François a bientôt vingt–un ans, des nouvelles leur arrivent de Paris : suite à la prise de la capitale par les Prussiens, le gouvernement de défense national décide d'envoyer son ministre de l'intérieur, Léon Gambetta, à Tours afin d'organiser la résistance. Pour ce faire, le fondateur de la IIIe république est obligé d'employer la voie des airs et quitte la capitale en ballon. Opposé à la capitulation, Gambetta s'envole en ballon de la butte Montmartre avec son assistant Spuller devant une foule ébahie et enthousiaste.

Le ballon, de 16 mètres de diamètre, est gonflé au gaz d'éclairage ; il en faut 1200m^3. Gambetta veut monter dans la nacelle, mais Nadar le décourage : il n'y a pas un souffle de vent. L'opération est remise au lendemain. Le 7 octobre, le départ est enfin possible. Le ballon monte jusqu'à cent mètres et attend le vent. Il faut un vent de nord pour que le ballon aille vers Tours. Hélas, c'est un vent de sud-est qui se lève et le ballon file vers les lignes Prussiennes au nord de Paris ! Les Prussiens tirent alors sur le ballon. Il faut jeter du lest pour prendre de la hauteur et se mettre hors de portée des balles. Le vent tombe, le ballon n'avance plus et perd même un peu d'altitude. De nouveau les balles crépitent. Gambette passe au-dessus de Beauvais. Il est parti à 10h30 de Montmartre, il est maintenant 15h40 ; le ballon s'échoue dans un chêne. La nacelle se coince dans les hautes branches. Gambetta crie « Vive la République », pensant être prêt à mourir. On lui répond : «Vive la France ». C'est un miracle ! Ils sont sauvés par des paysans qui ont suivi des yeux la chute du ballon. Ils sont dans l'Oise, à 68 km au nord de Paris. On leur prête une voiture rapide. Les Prussiens se lancent à leur poursuite jusqu'à Montdidier. Train jusqu'à Amiens, changement de train pour Rouen, et de là, toujours par chemin de fer, direction Tours. Le voyage aura finalement duré deux jours et trois heures !

François DUPUY lit cette histoire incroyable dans le journal local, '*Le Franc-tireur de la Sarthe*', petit journal républicain des villes et des campagnes. Il se dit qu'il aurait aimé monter dans un ballon dirigeable…

Puis, le printemps 1871 pointe son nez. Et l'on apprend qu'une nouvelle insurrection grandit à Paris. La **Commune de Paris** va durer un peu plus de deux mois, du 18 mars 1871 à la 'Semaine sanglante' du 21 au 28 mai 1871. Cette insurrection contre le gouvernement, et issu de l'Assemblée nationale qui vient d'être élue au suffrage universel masculin, ébauche pour la capitale une organisation proche de l'autogestion ou d'un système communiste. La Commune est en partie une réaction à la défaite française de la guerre franco-prussienne de 1870 et au siège de Paris, ainsi qu'une manifestation de l'opposition entre le Paris républicain, considéré comme « rouge », et une Assemblée nationale à majorité monarchiste.

Ce n'est que le 20 mars 1871, le 21 même en Sarthe, que François DUPUY apprend les événements du 18, c'est-à-dire l'attaque nocturne des canons de Montmartre, la résistance victorieuse de la garde nationale et la retraite à Versailles du gouvernement de MM. Thiers, Jules Favre, Ernest Picard, Jules Simon, etc. Le 6 avril 1871, soit 19 jours après le début de l'insurrection parisienne, Adolphe Tiers, alors « chef du pouvoir exécutif de la République française », signe à Versailles un arrêté organisant l'armée « pour le rétablissement de l'ordre en France ». C'est le maréchal de Mac Mahon, plus populaire, qui en est nommé le général en chef. Cette armée de l'ordre, qui existe surtout sur le papier, est donnée comme forte de 40.000 hommes et, dit-on, en mesure de prendre immédiatement sa revanche d'un échec provisoire. Pendant ce temps-là, Lyon d'abord, puis successivement Saint-Étienne, Le Creusot, Marseille, Toulouse, Narbonne et Limoges se soulevèrent aux cris de « Vive Paris ! À bas Versailles ! » et proclamèrent leur Commune.

La Sarthe, elle, sort tout juste de la bataille du Mans, qui eut lieu les 11 et 12 janvier 1871, à une dizaine de kilomètres à l'est du Mans (essentiellement sur le site du camp militaire d'Auvours à Champagné (d'où le nom parfois attribué de **bataille d'Auvours**), Ce fut une défaite décisive de la France[15] contre la Prusse dans le cadre de cette guerre franco-allemande qui n'en finissait pas... Alors se soulever au Mans pour proclamer leur propre 'Commune', non, pas tout de suite... L'association sarthoise des Amies et Amis de la Commune de Paris est créée en 1882, par des communards de retour d'exil.

---

[15] A la tête de l'armée de la Loire, qui regroupa les forces françaises vers Le Mans : le général CHANZY

François DUPUY[16] comprend que la France commence à se déchirer entre Versaillais et Communards, entre bourgeois et ouvriers… Du Lude où il habite, il a peine à prendre une position… politique. C'est difficile de faire le choix entre deux mondes auxquels il n'appartient pas ; il est cultivateur, ni bourgeois, ni ouvrier. Son monde à lui tourne autour de sa terre[17] et … de sa cousine. Quelque chose d'autre est née entre eux deux. A tel point qu'ils décident de se marier le 1er février 1875, au Lude.

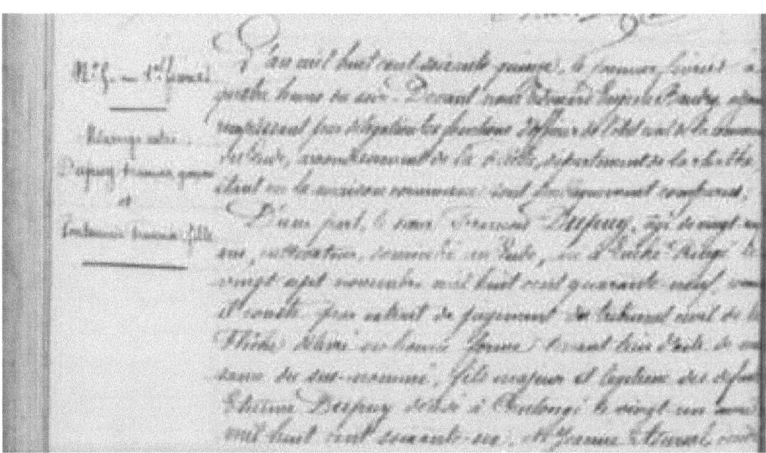

François et Françoise DUPUY décident d'emménager à Dissay-sous-Courcillon, au sud de Château-du-Loir et de Vouvray sur Loire. Les deux jeunes mariés, la famille chargent la charrette à bras que l'épicier leur prête : "En rout', mauvais' troupe ! Les p'us pressés vont d'vant".

---

[16] Un **François Dupuy** plus contemporain, né en 1947, est le célèbre sociologue des organisations, auteur de plusieurs ouvrages sur la bureaucratie, le changement et le management dans les entreprises.

[17] La terre et non la Terre, laquelle tourne bel et bien autour du soleil.

François et Françoise y donnent naissance à Alexandre François en 1876, le 13 juin. Puis – est-ce pour le travail ? Ils sont cultivateurs. – ils reviennent au Lude à la Buandière, dans une ferme à la sortie de la ville, le long de la départementale D305 menant à Aubigné-Racan, Vass, Château-du-Loir.

Un grand-oncle Jean-Baptiste DUPUY (DUPUY VIII), fils d'un frère de son grand-père François DUPUY (DUPUY VII) habite aussi au Lude, avec son épouse Anne.

Au Lude, François et Françoise donnent naissance à cinq autres enfants: Françoise Clémentine le 3 octobre 1880, Marie-Madeleine le 26 avril 1887, Auguste en 1888, Louise en 1889 puis Jules Victor le 23 octobre 1890.

François et Françoise DUPUY s'habillent comme tous les Sarthois de 1880.

La *petite histoire* raconte que François DUPUY aurait rencontré Pierre Le MONNIER au Lude… Cet homme (né le 6 septembre 1814 au Lude) engagé, médecin des pauvres et républicain de cœur, a été persécuté par le régime de Napoléon III. Il fut déporté comme ennemi du Second Empire et emprisonné à Mostaganem (ville algérienne faisant alors partie des colonies). De retour à Château-du-Loir en 1870, après la libération des prisonniers politiques du Second Empire par la Troisième République, , il devient représentant du canton au Conseil général puis en 1871 vice-président de cette assemblée, et en 1872 il est élu maire de Château-du-Loir. Par deux fois élu député de la Sarthe (circonscription de Saint-Calais ; de 1876 à 1882), il est élu sénateur en janvier 1882. Durant ses différents mandats il a beaucoup œuvré pour dynamiser le canton et la région.

Au dix-neuvième siècle, la population française est rurale à 75% : c'est dire l'importance, ne serait-ce que numérique, de la femme rurale dans la société française. Ce que nous savons : si les femmes en général sont le plus souvent **analphabètes**, celles des campagnes comme Françoise le sont toutes, malheureusement. Aussi avons-nous très peu de témoignages directs sur celles qui représentent la majorité des Français…

Les témoignages les plus importants sont ceux des 'folkloristes' : ce sont des gens des villes qui voyagent en touristes, en portant des jugements très subjectifs, se scandalisant facilement de ce qui les étonne. C'est le cas de Balzac qui, dans *Les Paysans*, s'exclame « Les peaux-rouges de Fénimore Cooper sont ici : il n'y a pas besoin d'aller en Amérique pour observer les sauvages! ». **Les paysans** de George Sand sont un peu roses ; ceux de Zola, quarante ans plus tard, dans *La Terre* sont un peu trop noirs...Le frère de Victor Hugo, Abel Hugo, visitant la Sarthe, brosse un tableau lamentable des paysannes françaises : bref, le témoignage des *folkloristes* est souvent sujet à caution et à utiliser avec prudence.

Les paysans de ce siècle, pourtant, se sont un peu adressés à nous par des proverbes hérités d'une longue tradition. Ces proverbes accompagnent leur vie quotidienne, les suivant du berceau à la tombe, dans tous les aléas de la vie. Ils proposent une réflexion philosophique sur les rapports des hommes et des femmes. Ils sont importants parce qu'ils témoignent d'une société dont la culture privilégie l'oral à l'écrit et le geste à la parole.[18]

« Saints Pancrace, Servais et Boniface apportent souvent la glace. », « Les paysans font les princes » ; « **Il ne faut pas mettre la charrue avant les boeufs.**"

Les très rares témoignages directs, authentiques, que nous avons lus avec profit, sont au nombre de trois : La vie d'un simple, d'Emile Guillaumin, qui relate la vie d'une famille de métayers dans l'Allier, sur presque tout le dix-neuvième siècle ; Le cheval d'orgueil de Pierre Jakez Hélias qui en fait autant pour une famille bretonne du pays bigouden ; enfin, et pour une moindre part, La soupe aux herbes sauvages d'Emilie Carles, qui concerne surtout la fin du dix-neuvième et le début du vingtième, en Haute-Provence.

Ces écrits font surgir du passé un monde étonnant, dont nous ne pouvons plus avoir une idée de nos jours. Il nous est alors apparu qu'il était impossible

---

[18] Marie-Pierre Souchon, 'Femmes à la campagne au 19 siècle'

de comprendre la femme rurale au dix-neuvième, en faisant l'impasse d'un contexte très contraignant qui peut se résumer en deux points principaux :

• le premier point concerne l'évolution générale des campagnes au dix-neuvième siècle, avec ce phénomène majeur qu'est l'exode rural.

• le deuxième est le constat de la pression, de la force coercitive inimaginable de nos jours, de la famille d'une part, de la communauté villageoise d'autre part, sur chaque individu de cette société rurale : **la situation de la femme, son travail, son statut** sont inséparables de ce contexte.

Que nous dirait aujourd'hui Françoise DUPUY, née PONTONNIER, si nous avions les moyens de l'interroger ?

1855, le précurseur direct de la bicyclette moderne voit le jour; c'est le **vélocipède français**, entraîné par des manivelles et des pédales libres. Il deviendra vite très en vogue partout en France. Son cadre et ses roues sont en bois. La bande de roulement (en 2019: les pneus) est en fer et les pédales attachées au moyeu de la roue motrice, qui est légèrement (!) plus haute que la roue arrière. Les Britanniques appellent ce véhicule le 'secoueur d'os' ('bone-shaker'), compte-tenu de son inconfort sur une route accidentée ou sur une rue pavée.

La saga se poursuit avec Alexandre DUPUY (**DUPUY-X**), le premier enfant (mâle, qui plus est) de François et Françoise DUPUY.

Génération X

(1876 - 1905)

Période: 1876-1905

Millions de Français : 40
Présidents : **Jules Grévy,
Sadi Carnot,** ...
Lieux : **Dissay-sous-
Courcillon,** le Lude
Monnaie : **Franc**
Salaire moyen : 2 à 5 Francs
par jour
Assiette : toujours le **pain,
bis ou noir.**

Alexandre, l'aîné (semble-t-il) des enfants de François et Françoise DUPUY nait le 13 juin 1876 à Dissay sous Courcillon.

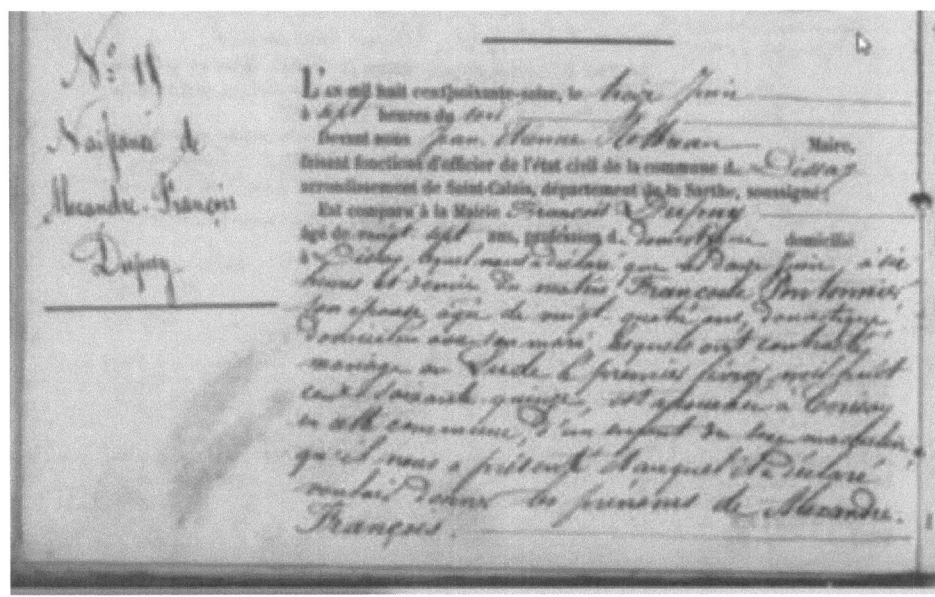

Peu après sa naissance, en 1881-1882, une série de lois sur l'école primaire est votée sous la Troisième République, qui rend l'école gratuite (1881), l'instruction obligatoire et l'enseignement public laïc (1882) : les lois Jules Ferry. Alexandre DUPUY devra se rendre à l'école, l'année de ses 6 ans, justement en 1882.

Quels sont les salaires moyens des Français en 1890, alors qu'Alexandre DUPUY a 14 ans, son père, 40? Les cochers, conducteurs d'omnibus, camionneurs touchent 5,75 francs par jour pour 16 heures de travail (soit 18,42 euros). Les employés de bazars, 5 francs par jour pour 15 à 17 heures de travail, selon la saison et les exigences de la vente. Les garçons de café et de restaurants ne sont pas payés et vivent seulement de leurs pourboires, ils travaillent 16 heures par jour de huit heures à minuit. Les aiguilleurs des chemins de fer, 900 à 1000 francs par an pour 15 à 16 heures de travail par jour. Les ouvriers de l'industrie privée touchent 4,85 francs par jour (soit 15,54 euros, valeur 01/01/2002), les ouvrières de l'industrie privée, 2,46 francs par jour. Les facteurs sont rémunérés 600 francs par an pour des tournées à pied de 28 kilomètres en moyenne (40 km pour certains) auxquels s'ajoute un vêtement et deux paires de chaussures. Les chemisières, lingères et couturières : 2 francs par jour. Les femmes de ménages : 1,50 francs par jour.

La petite histoire raconte[19] que ces inégalités déclencheront chez Huguette, petite copine d'Alexandre, le virus du syndicat. *On la surnommera la Rouge, non pas à cause de ses cheveux qui ne sont que bruns, mais pour les idées qui sont en train de lui pousser à la puberté. Quelque cabaretier les lui insufflera... Alexandre DUPUY n'imaginera pas qu'une si frêle jeune fille – que peut-être il aurait convoité - puisse un jour penser par elle-même ces choses aussi terribles et, pis que penser... se rebeller. Maigrelette, longue et haute, pubère à douze ans comme souvent les filles qu'on envoie* travailler, *elle s'habille en garçon.* Manque juste le couvre-chef à la Gavroche. A Luché-Pringé, puis au Lude, elle prendra tôt la parole en public pour inciter à la grève. Alexandre s'en éloignera tout en restant … proche.

Un jour de l'an 1900 – le 9 septembre plus précisément – le Marquis de Rouleroy, Maximilien de Lancry, se présente devant la porte d'entrée de la

---

[19] Encore une partie romancée, pour donner un peu plus de piquant au récit ! Que Françoise Clémentine me pardonne...

maison commune ! C'est à la demande d'Alexandre DUPUY – il a 24 ans – et de Marie-Augustine SOUCHU, 20 ans: ils font leur promesse de mariage.

Puis Alexandre épouse Marie le vingt-neuf septembre 1900 à Dissé-sous-le-Lude, dans la commune où est née la future.

		SOUCHU	DUPUY				
		Marie Augustine	Alexandre François				
		à Dissé le 9-12-1875	né le 13 juin 1876				
			à Dissé sous Courcillon				
DUPUY		DUPUY		DUPUY		DUPUY	
Angèle		Marcel		Alice		Renée	
(1904 à Dissé)		(29 mai 1905 au Lude)		(1907 -)		(1909 au Lude -)	

Leur premier enfant, Angèle, naît en 1904, alors qu'ils sont encore à Dissé-sous-le-Lude. Puis fin 1904-début 1905, Alexandre et Marie DUPUY viennent s'installer au Lude, à la Marquerie, ils y donneront naissance à leur deuxième enfant : Marcel (dont l'histoire constituera le chapitre suivant).

Le Lude : la Marquerie

La petite tribu DUPUY s'agrandira de deux petites filles DUPUY: Juliette (1907) et Renée (1909). Tous habiteront au Lude, mais cette fois à la Loge.

			Dupuy	Alexandre	1876	Dissay s/ Courcillon		chef	cultivateur
			Dupuy	Marie	1875	Dissé s/ Lude		épouse	cultivatrice
			Dupuy	Angèle	1904	Dissé s/ Lude		enfant	aide de culture
			Dupuy	Marcel	1905	Le Lude		id	aide de culture
			Dupuy	Juliette	1907	Le Lude			aide de culture
			Dupuy	Renée	1909	Le Lude			"

Le Lude et la Loge sur la route de Savigné

Les écoles ne sont pas mixtes : il y a une école séparée pour les filles et une pour les garçons. Les garçons – Marcel - ont un maître et les filles – Angèle, Juliette et Renée - une maîtresse. Et il n'y a pas de cantine : la maîtresse fait réchauffer le repas sur le poêle.

Tous ont des vêtements en droguet: c'est un tissu de laine épais, chaud et qui est presque imperméable. Les femmes portent des robes longues, ainsi que les filles. Sur le dos, elles mettent des châles et, sur la tête, des bacheliques: sortes de capuches enveloppant la tête et le cou. Aux pieds, elles portent des souliers, des bottes en cuir et surtout des sabots de bois garnis de paille.

Pendant plusieurs années, c'est un homme, le même, qui apporte le courrier aux DUPUY comme partout ailleurs. Il part le soir en voiture à cheval avec une lanterne à bougies. La famille élargie s'écrit beaucoup; par exemple, elle s'envoie des cartes au 1er avril. Il n'y a évidemment pas (encore) de téléphone au village. Si Marie DUPUY a besoin du médecin pour une naissance ou une maladie, Alexandre va le chercher et le ramène à la ville voisine. Le plus souvent les gens se  déplacent à pied, en bicyclette ou alors en voiture à cheval. Il existe quelques breaks, des omnibus tirés par des chevaux, mais surtout en ville.

A la maison, les DUPUY s'éclairent avec des bougies ou avec des lampes à pétrole. Plus tard, pendant la guerre de 1914 à 1918, chaque maison n'aura droit qu'à un litre de pétrole par mois. A la veillée, les hommes vont dans la grange battre le blé et préparer le glui: c'est-à-dire la paille pour couvrir les maisons. Ils s'éclairent avec les lanternes à bougie, il faut donc qu'ils fassent très attention au feu.

Tout ce petit monde mange beaucoup de lard, de la volaille, des galettes et de la bouillie de sarrasin. Il n'y a encore ni réchaud à gaz, ni cuisinière, la cuisine est faite sur le feu de cheminée. Ils mangent beaucoup de pain.

Quant au linge, il est frotté dans un lavoir; on le met dans une grande cuve en bois posée sur un trépied: le cuvier. Ils mettent des morceaux de bois disposés en croix puis, par- dessus de la cendre dans un vieux drap. On ajoute des brins de lauriers et des oignons de lys pour que le linge sente bon. Puis ils font bouillir de l'eau et remplissent la cuve, ils la vident et recommencent plusieurs fois. Le lendemain il faut rincer le linge...

Photo d'une (autre) famille sarthoise à la ferme

La saga se poursuit avec Marcel DUPUY (**DUPUY-XI**), le seul enfant mâle d'Alexandre DUPUY et de Marie Augustine SOUCHU, le seul garçon au milieu du gynécée constitué par leur mère et ses trois sœurs Angèle, Juliette et Renée Alice.

Génération XI (1905 - 1940)

Marcel DUPUY naît le 29 mai 1905, au Lude sous la présidence d'Emile LOUBET (et Charles DUPUY n'est plus le président du Conseil depuis six ans !). Que mange-t-on en ce début de siècle ? En Sarthe prédomine l'autosubsistance, et donc la frugalité et la monotonie des mets (l'éventail du choix alimentaire est restreint). Le régime est presque exclusivement végétarien, avec des soupes et des farines cuites provenant de diverses céréales (le pain de froment est une friandise, le pain dit «de campagne» de 2019 n'a rien à voir avec le pain consommé au XIXe siècle).

Période: 1905-1940

Millions de Français : 41
Président : **Emile Loubet**
Lieu : **Dissé-sous-le-Lude**
Monnaie : **Franc**
Salaire horaire moyen: 0,33 Franc
Assiette : du pain, des patates…

1905, c'est l'année de la loi de promulgation de la Séparation des Eglises et de l'Etat: la France devient à partir de cette date-là un Etat laïc. Cette loi remplace le Concordat de 1801 instaurant que l'Etat français reconnaît quatre cultes : catholique, réformé, luthérien et israélite. Avec cette loi, l'Etat n'ignore plus aucun culte, et ces derniers sont mis sur un même pied d'égalité. Cette loi prolonge la Déclaration des droits de l'homme et du citoyen datant de 1789. En effet, l'article 10 est consacré à la liberté d'opinion, même si elle est religieuse. Plus tard, elle sera elle-même prolongée par la Constitution de 1958 qui proclame que la laïcité est une valeur de la République : *"La France est une République indivisible, laïque, démocratique et sociale. Elle assure l'égalité devant la loi de tous les citoyens sans distinction d'origine, de race ou de religion. Elle respecte toutes les croyances."*.

Comment les parents de Marcel ont-ils appris la promulgation de cette loi ? Tout simplement parce qu'au Lude où ils viennent d'arriver, le représentant du culte s'en est ému auprès de ses paroissiens. Ce dernier n'est dorénavant plus employé et rémunéré par l'Etat. Son statut change : par exemple, il n'a plus le droit d'enseigner dans un établissement scolaire public. Et le secret religieux, comme le secret médical, est reconnu. Par ailleurs, le lieu de culte du Lude, appartenant à l'Eglise avant la loi, devient propriété de l'association cultuelle qui vient d'être crée. Enfin, l'association cultuelle ne reçoit plus de subventions de la part de l'Etat. Leurs ressources proviendront des adhésions ou des dons reçus lors des quêtes par exemple. Marie-Augustine en est plus consternée que ne l'est son époux Alexandre. La croyance en Dieu n'est pas la tasse de thé du mari...

En 1910, est-ce un premier signe de la colère de Dieu ? La comète de Halley se montre à nouveau dans le ciel de la Sarthe, ce qui impressionne énormément le petit Marcel de 5 ans...

Puis - peut-être une nouvelle colère de Dieu ? - les événements de l'été 1914 arrivent; le jeune Marcel a alors neuf ans. Le 28 juillet, suite à l'attentat à Sarajevo de l'archiduc François-Ferdinand d'Autriche par le nationaliste serbe Gavrilo Princip, l'Autriche-Hongrie soupçonne le gouvernement serbe d'avoir commandité l'assassinat et déclare la guerre au Royaume de Serbie. C'est le début de la Première Guerre mondiale. Ses origines demeurent complexes et prennent en compte de nombreux facteurs, y compris les conflits et les antagonismes latents des quatre décennies précédant le conflit en lui-même. Les causes directes du déclenchement de la guerre sont quant à elles les décisions prises par les chefs d'États et les généraux lors de cette crise de juillet (1914), l'étincelle (ou le Casus belli) étant cet assassinat.

L'imbrication complexe d'une succession de traités de soutien (Triplice et Triple-Entente pour les principaux) liant entre elles les grandes puissances européennes explique alors (partiellement) l'effet de cascade qui en a suivi. Ainsi, la mobilisation austro-hongroise va rapidement aboutir à ce que le Royaume-Uni déclare dans quelques jours la guerre à l'Empire allemand, quand il aura déclaré la guerre ... à la France.

Lorsque, dans la soirée du 1er août 1914, les Français et les Ludois découvrent sur la porte des mairies l'affiche portant 'ordre de mobilisation générale', chacun sait ce qui est attendu de lui. Même si la guerre n'est pas encore effective (l'Empire allemand ne la déclare à la France que le 3 août), la crise née en Serbie a atteint son point critique.

Alexandre et ses deux frères, Auguste et Jules Victor DUPUY, ne mesurent pas réellement la gravité de la situation. Et c'est avec une grande stupéfaction qu'ils lisent le décret, signé par le président de la République

Raymond Poincaré, qui enjoint les trois millions de réservistes et de territoriaux à rejoindre, dès le 2 août, les 800 000 soldats déjà en service actif. Au total, 8,5 millions de Français vont être mobilisés entre 1914 et 1918. Alexandre DUPUY a trente-huit ans en août 1914, il est *rappelé à l'activité*.

C'est l'angoisse autour de lui; ses jeunes frères, Auguste 26 ans et Jules Victor 24 ans et tout jeune marié à Célestine, sont aussi mobilisés. L'heure n'est ni à l'exaltation guerrière, ni à l'expression de la haine de l'adversaire, ni à l'expression de la 'Revanche' ou de la reconquête de l'Alsace-Lorraine. Alexandre DUPUY, ses copains, ses frères ne partent pas 'la fleur au fusil'. Les seuls sentiments dominants sur les quais, à proximité des trains de conscrits : le sens du devoir, la volonté d'assurer la protection de leurs familles, la résignation et l'espoir d'une guerre courte. Les trois frères DUPUY Alexandre, Auguste et Jules Victor échappent à l'hécatombe (d'après le site 'Mémoire d'hommes'). C'est un miracle…

Par ailleurs, et fort heureusement, les DUPUY XI échappent aussi à la pandémie meurtrière originaire de Chine, qui doit son nom au roi d'Espagne Alphonse XIII, l'une de ses plus célèbres victimes : la **grippe espagnole**. De 1918 à 1919, elle fait plus de victimes que la Première guerre mondiale, contaminant plus d'un tiers de la population mondiale. Due à une souche (H1N11,2) particulièrement virulente et contagieuse, elle serait la pandémie la plus mortelle de l'histoire. La pandémie s'est propagée dans plusieurs pays et continents simultanément en moins de 3 mois. Selon l'Institut Pasteur, la grippe espagnole aurait tué plus de 30 millions de personnes de par le monde, mais d'autres estiment plutôt le nombre de victimes à 100 millions…

Pour ce qui est du jeune Marcel DUPUY, si l'on en croit les petites histoires, il aurait assez vite exprimé qu'il aurait aimé rejoindre l'école d'agriculture de la Pilletière près de Jupilles. Vraie ou pas, les DUPUY n'en ont pas les moyens. Et deux bras de jeune homme sont très utiles au sein d'une famille de cultivateurs.

Récolte des pommes de terre

Début 1923 – Marcel DUPUY n'a que 18 ans – les Français entendent parler de « permis de conduire » (le terme apparaît pour la première fois dans le décret du 31 décembre 1922, dit « code de la route », constituant le titre de l'article 29). Dorénavant, « *Nul ne peut conduire un véhicule automobile s'il n'est porteur d'un certificat de capacité délivré par le préfet du département de sa résidence, sur l'avis favorable d'un expert accrédité par le ministre des Travaux publics. Ce permis ne pourra être délivré à l'avenir qu'à des candidats âgés d'au moins 18 ans. Il ne pourra être utilisé pour la conduite soit des voilures affectées à des transports en commun, soit des véhicules dont le poids en charge dépasse 3 000 kg, que s'il porte une mention spéciale à cet effet.* » Marcel et ses parents n'ont pas de *véhicule automobile,* c'est hors de portée de leur bourse. Marcel observe avec étonnement qu'un voisin plus aisé est dans l'obligation de se rendre au Lude avec sa <u>propre</u> voiture pour obtenir le dit certificat, le « *permis de conduire* ». Il connaît par cœur le nom de ces véhicules qui commencent à fleurir dans les campagnes : Citroën GS, C2 ou B2, MORGAN monotrace, la SIZAIRE frère 4RI.

Mais Marcel n'a pas les moyens de ses rêves: le salaire horaire moyen d'un manœuvre est de 0,30F en 1900, 0,33F en 1910, 1,80F en 1920. Or la **Renault 1925 Type NN torpedo** vaut **16 500 F** ….

Un dimanche matin, Marcel et ses sœurs entendent chantonner leur père. Ils accourent et comprennent le motif de sa surprise : leur mère s'était fait couper les cheveux! Alexandre poursuit alors :

L'autre jour ma femme me dit: vois-tu mon chéri
Pour te plaire j'ai fait quelque chose de bien gentil
J'ai fait ce que font toutes les femmes en c' moment
Pour être tout à fait dans l' mouv'ment
Elle enleva gentiment son chapeau
Et stupéfait, je m'aperçus tout aussitôt...

Elle s'était fait couper les ch'veux
Comme une petite fille gentille
Elle s'était fait couper les ch'veux
En s'disant: ça m'ira beaucoup mieux

Car les femmes tout comme les messieurs
Pour suivre la mode commode
Elles se font toutes, elles se font toutes
Elles se font toutes couper les ch'veux.

Et nous arrivons en 1926: Marcel vingt-et-un ans se rend souvent à Dissé-sous-le-Lude pour y travailler, vendre ses services. Il est costaud et travailleur, Marcel. Il y rencontre Alice PIRONNEAU, dix-sept ans, de quatre ans sa cadette. Mignonne, toute fragile, mais si déterminée, «un sacré bout de bonne femme ! », se dit-il. Ils se plaisent, ils se fréquentent puis ils s'épousent. A l'église de Dissé-sous-le-Lude, le 25 janvier 1927 !

Leur domicile, rue des Fosses à Dissé-sous-le-Lude

Puis très vite arrive la crise de 1929... Si la France semble tout d'abord épargnée par la crise économique qui frappe de plein fouet les États-Unis dès 1929, elle se manifeste néanmoins, plus tardivement : les structures archaïques de l'économie française, fondées sur la petite entreprise, et la faiblesse des investissements étrangers permettent à la France de demeurer un temps à l'abri du marasme. Puis la crise française – post 1929 - se traduit par une paralysie progressive, mais tout aussi grave, de l'activité économique, paralysie qui se prolonge jusqu'en 1939. Le gouvernement déploie un certain nombre de mesures: élévation de barrières protectionnistes destinées à diminuer les importations, limitation de la production agricole et industrielle pour freiner la baisse des prix, protection du petit commerce, politique déflationniste pour réduire le déficit budgétaire. Pour réduire les besoins en blé, le gouvernement publie même une petite liste de la culture recommandée, alternative au blé. Marcel et Alice DUPUY élèvent leurs enfants dans un premier contexte de crise.

(3)

Le Navet rond , soit blanc à colle vert , soit rouge , hâtif.

Le Navet jaune hâtif.

La Navet Turneps.

Le Navet de Belleville.

Le Panais rond.

Le Chou pommé , dit Chou d'Yorck , le plus hâtif.

Le Chou pommé, hâtif, à tête longue.

Le Chou à moyenne pommé qui lui succède.

Le Chou frisé et pommé nain , dit Milan , précoce.

Le Chou jaune , hâtif.

Le Chou à tête longue.

Fèves naines , hâtives.

Fèves Juliennes , hâtives.

Pois le plus hâtif, dit petit-Michaud.

Pois Michaud ordinaire.

Pois hâtif à grosse cosse.

Pois Domine.

Culture recommandée pour réduire les besoins en blé (début XIXème siècle)

Un jour de 1936, la petite famille DUPUY voit se présenter à leur domicile de Dissé-sous-le-Lude, rue des Fossés, un petit Monsieur - agent recenseur – avec des feuillets à remplir. Il leur explique que le premier recensement « moderne » au niveau national a été celui ordonné en 1694 par Louis Phélypeaux, comte de Pontchartrain. Celui-ci a été suivi par divers recensements, dénombrements et enquêtes nationales conduits à intervalles irréguliers. Mais c'est le recensement de population de 1801 préparé par Lucien BONAPARTE et Jean-Antoine CHAPTAL qui a été le point de départ d'une série de recensements effectués – avec plus ou moins de régularité - tous les cinq ans jusqu'en 1946. En ce jour de 1936, l'agent écrit dans ses feuillets que Marcel DUPUY et Alice PIRONNEAU vivent avec quatre de leurs enfants : Raymond, Norbert, Marianne et Jacques.

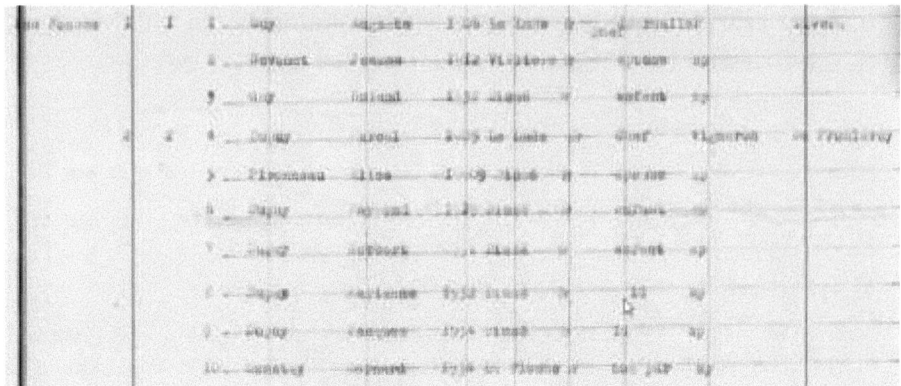

Et le même agent note quelque part que leur fille aînée Rolande vit aussi à Dissé-sous-le-Lude, au Ruisseau, avec son grand-père maternel Alexis PIRONNEAU, son oncle Alexis, sa tante Alice et sa cousine Denise.

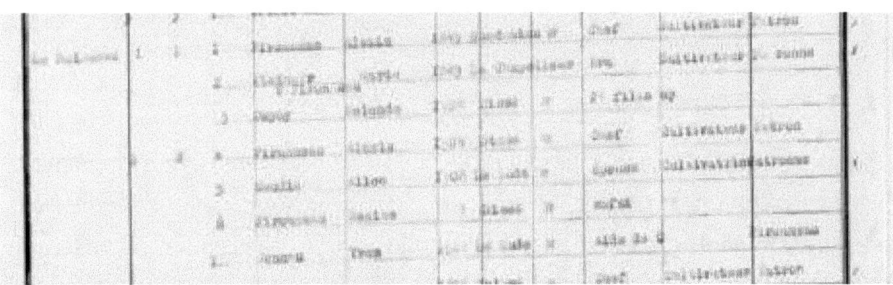

Il a procédé au même recensement en 1931, et remarque donc que Marcel et Alice ont déménagé du Ruisseau à cette ferme, rue des Fossés. Il se souvient aussi de sa bévue d'il y a cinq ans : Alice GAUDIN, belle-sœur d'Alice, avait été inscrite Alice PIRONNEAU au registre, alors que notre Alice, épouse de Marcel, l'avait été sous son véritable prénom, Germaine: Germaine PIRONNEAU.

Pour éviter de revenir sur ce sujet de 1931, il leur indique avec amusement qu'un autre couple Marcel et Alice habitent la même commune qu'eux, pas très loin du château de Lorrière. Alice (Germaine) lui fait gentiment savoir que l'orthographe de leur patronyme est différente : *DUPUITS* signifie probablement 'ayant habité proche d'un puits' ; *DUPUY* signifie 'ayant habité sur une colline'... L'agent recenseur range en silence ses feuillets dans un cartable en cuir et les quitte en s'insistant pas. Trop compliqué tout ça...

Cinq enfants DUPUY naitront à Dissé-sous-le-Lude : Rolande, Raymond, Norbert, Marie-Anne et Jacques. Jusqu'à maintenant, Marcel travaille pour le château de la cour de Broc, à Dissé-sous-le-Lude. Il s'y rend en vélo ...

Puis une entreprise de bois basée à Thorée-les-pins annonce qu'elle recrute du personnel. Marcel est pris ! Une partie de la famille – les parents et les plus jeunes enfants - déménagent[20] alors à Thorée-les-pins …

Place de l'église[21] et façade de la maison de Marcel et Alice DUPUY

… Thorée-les-Pins où naîtront leurs quatre derniers enfants DUPUY-XII: Claude (né le 12 août 1936), Bernard (né le 21 octobre 1938 à Thorée), Jean-Pierre (né le 27 août 1940), et Jocelyne (née le 13 juillet 1945).

---

[20] Comment déménageait-on dans les années 1930-1940 ?

[21] Plus tard, pour les cousins de la génération DUPUY-XIII – Jean-Philippe, Alain, Eric, Fabrice, Pascal, Didier, Olivier, Thierry, Sébastien - les souvenirs des parties de babyfoot dans le petit bar, devenu une épicerie, seront bien prégnants.

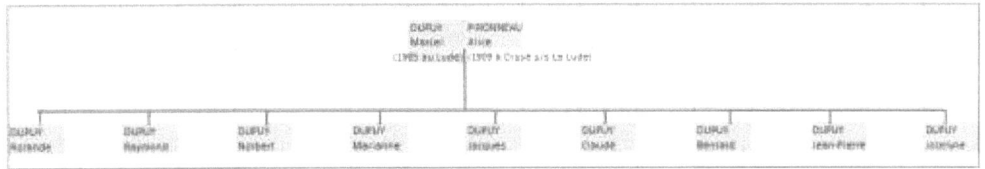

A Thorée-les-Pins, Alice élève leurs derniers enfants et transporte la lessive de ses *clients* (comme M. et Mme Vaudolon) jusqu'au lavoir. Marcel lui va travailler tous les jours dans cette entreprise-scierie, sur la route de la Flèche.

Le lavoir de Thorée les Pins

Marcel DUPUY et Alice PIRONNEAU fréquentent bien-sûr leurs frères et sœurs, essentiellement à Dissé-sous-le-Lude ou au Lude : Alexis PIRONNEAU et son épouse Alice, Renée Marguerite Alice DUPUY, et son époux André ALLARD, Marcel PIRONNEAU et son épouse. Mais aussi leurs cousin(e)s germains, comme Germaine DUPUY et son mari Alfred MORCHOISNE. Ils sont peut-être plus éloignés de leurs cinq cousins MARIE, qui, au décès de Louise DUPUY-MARIE, sont tous placés à l'assistance publique en 1928 ...

Dans quelques années, en 1977, Marcel et Alice fêteront leurs noces d'or. Les noces d'or, c'est la célébration de 50 ans d'amour entre deux personnes. C'est un événement unique, précieux, que l'on chérit et que l'on fête avec le plus grand plaisir. C'est aussi l'occasion de fêter l'union d'un couple contre vents et marées, une relation forte et précieuse qui a toujours su perdurer. D'ailleurs, savez-vous pourquoi les noces d'or se nomment ainsi ? Tout simplement parce que l'or est un métal infiniment précieux, à l'image des sentiments qui unissent deux personnes qui ont choisi de partager leurs vies durant 50 ans. Ce dimanche-là, toute la famille DUPUY sera réunie : les deux parents, les neuf enfants et leurs épouses/époux, les vingt-trois petits-enfants et leurs tout premiers arrières-petits-enfants (Esther est de la fête)!

Marcel DUPUY   et   Alice DUPUY née PIRONNEAU

La saga se poursuit avec Jean-Pierre[22] DUPUY (**DUPUY-XII**), le huitième enfant de Marcel DUPUY et d'Alice PIRONNEAU. Marcel décédera le 5 mars 1991, Alice, le 27 juillet 1994, tous les deux enterrés à Thorée-les-Pins (72).

---

[22] La saga se poursuit avec Jean-Pierre, parce qu'il est votre grand-père, Pauline, Benjamin, Alexandre, Maxime et Pauline. Jean-Pierre, Norbert, Raymond, Claude, Jacques ou Bernard : même histoire !

Génération XI (1940-1964)

Jean-Pierre, le huitième enfant de Marcel DUPUY et d'Alice PIRONNEAU, naît le 27 août 1940, à Thorée-les-pins, dans cette commune de la Sarthe où sont venus s'installer les DUPUY vers 1935 (à peu près).

Six mois après, le 20 février 1941, naîtra à Paris, un autre Jean-Pierre DUPUY, qui deviendra ingénieur et philosophe, après des études à l'école Polytechnique et l'école des Mines. Ce Jean-Pierre DUPUY se définira comme « *extrémiste rationaliste* » et avancera : « *Je ne suis pas un intellectuel chrétien, mais un chrétien intellectuel. Le christianisme est une science beaucoup plus qu'une religion.* ». Notre Jean-Pierre DUPUY – mon père ! - en est plutôt l'opposé, l'anti-particule: très doué de ses mains, davantage manuel qu'intellectuel et agnostique (voire athée).

> Période: **1940-1964**
>
> Millions de Français : ->46
> Présidents : **Pétain, Vincent Auriol, René Coty, de Gaulle, ...**
> Lieux : Tours / Le Lude
> Monnaie : **Franc**
> Salaire moyen : 600F par mois
> Assiette : des chous et des navets

Jean-Pierre, le huitième de la petite tribu, a sept plus grands frères et sœurs, et une sœur cadette, Jocelyne. L'aînée s'appelle Rolande, née à Dissé-sous-le-Lude le 10 avril 1928. Elle épousera Emile LEMEME, ils tiendront ensemble un restaurant à Dissé et auront deux filles : Lysiane et Sylviane.

Emile LEMEME et Rolande, née DUPUY

Le second se prénomme Raymond, né 31 mai 1929. Avec Odile CHAUVELIER, sa première épouse, ils auront quatre enfants : Norbert, Annie, Marie-Dominique, Joël.

Puis naît Norbert DUPUY, à Dissé-sous-le-Lude, le 16 mars 1931. A sa communion à 11 ans, sa marraine Germaine DUPUY, cousine germaine(!) de Marcel est auprès de lui. Puis il quitte vite le foyer parental pour rejoindre la ferme des PIRONNEAU. Il épousera Edith CHEVALIER.

Norbert   et   Edith

Marie-Anne naît le 3 août 1932 (à Dissé sous-le-Lude). Elle épouse Jean RONDET et aura trois enfants : Marie-Claude née le 30 juillet 1954, Jean-Philippe né le 28 octobre 1959 et Françoise née le 04 janvier 1966.

Marie-Anne   et   Jean RONDET

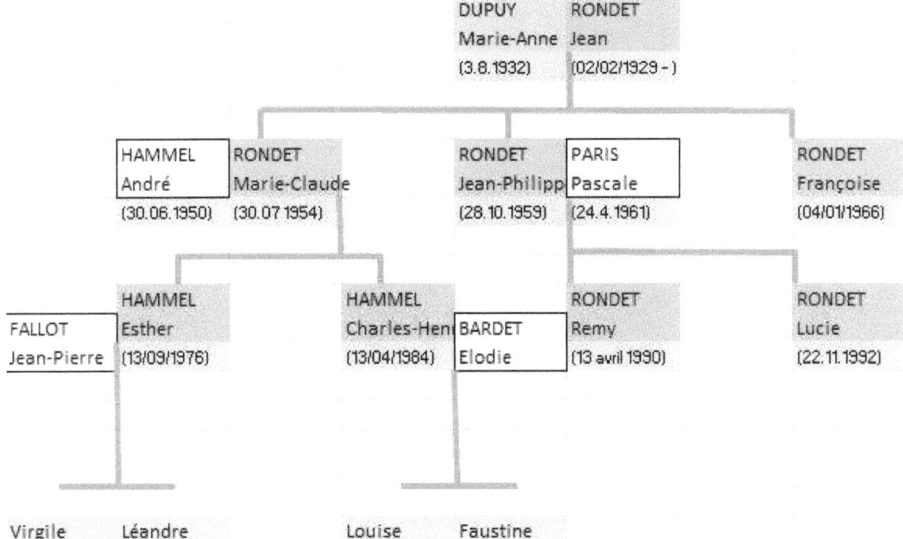

Voyez ci-après : Marie-Anne nouvellement grand-mère, et une branche de la descendance de Marie-Anne et Jean RONDET !

Les HAMEL réunis !

Jacques DUPUY, cinquième enfant, naît le 19 novembre 1934. Il épousera Thérèse Le VANNAIS (née le 12 janvier 1936) et partira s'installer dans la Touraine...

Thérèse et Jacques

La Morellerie

... à Tours puis à Veigné, rue de la Morellerie. Que de souvenirs ici aussi!

Jacques et Thérèse DUPUY auront quatre enfants : Alain né le 29 juillet 1959, Didier né le 7 août 1966, Thierry né le 19 juin 1970 et Isabelle née le 21 juin 1973.

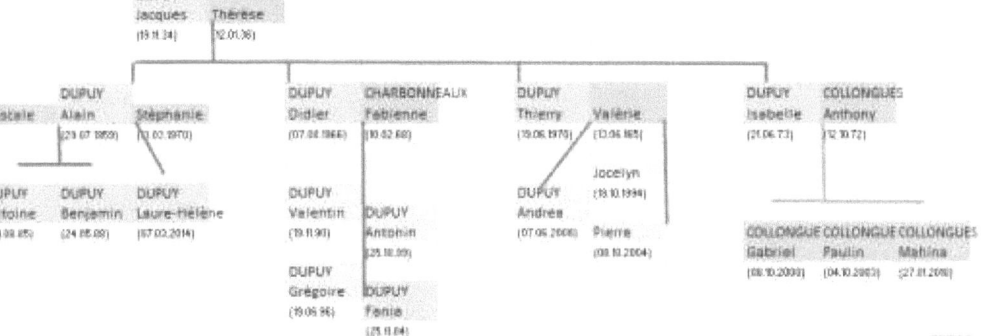

Le sixième enfant Claude DUPUY naît le 12 août 1936 à Dissé-sous-le-Lude. Il épousera Ginette GUERCHE, avec qui il s'installera à Ligueil pour tenir une boucherie. Ils auront trois enfants : Laurence, Valérie et Sébastien.

Claude   Ginette

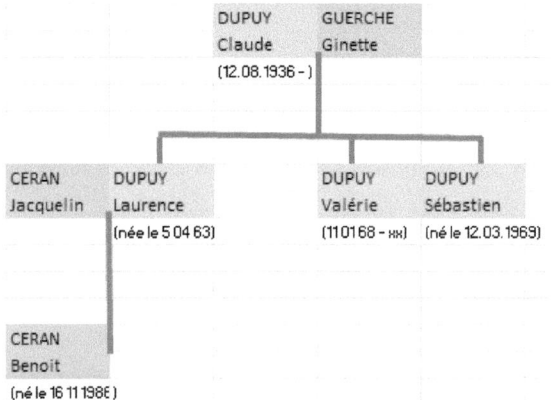

Puis Bernard, le frère de Jean-Pierre de deux ans plus vieux, naît à Thorée-les-pins le 21 octobre 1938. Il épousera Colette FLEUREAU et tous deux auront deux garçons : Eric et Olivier.

Bernard et de Colette DUPUY née FLEUREAU

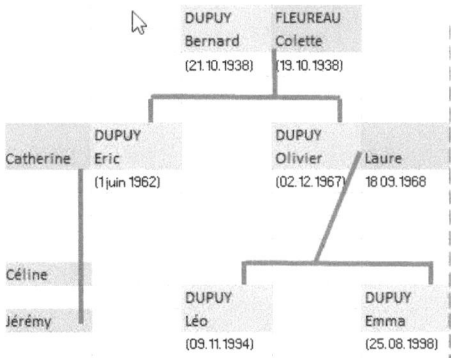

1940-1945 : les premières années du petit Jean-Pierre et de ses frères et sœurs DUPUY ont lieu sous l'occupation allemande.

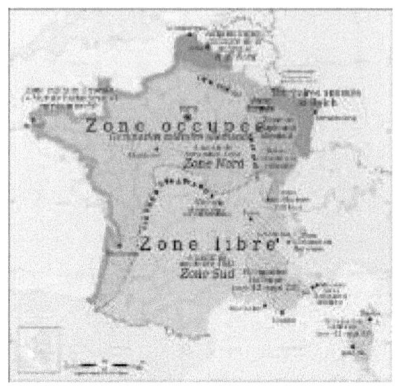

Pendant la seconde guerre mondiale, Thorée-les-pins est un village comme tant d'autres. Pas très loin, à Sablé-sur-Sarthe, Alice et Eugène, les parents de Pierre Péan[23], y tiennent le salon de coiffure. Dans ce confessionnal laïc, on sait tout. Enfin presque. Entre les shampoings, la vie quotidienne s'écoule paisiblement avec ses petites histoires et ses rancœurs jusqu'en 1939. Pierre Péan a 1 an. *A l'arrivée des Allemands, ce Clochemerle – Sablé-sur-Sarthe - devient une France en réduction, à peine protégée par les silencieux voisins, les moines de l'abbaye de Solesmes qui ont fort à prier. Après avoir eu à sa tête un socialiste, le premier maire noir de métropole, qui mourra à Buchenwald, la municipalité fait allégeance à Pétain.*

Il y a bien quelques résistances, notamment du côté du salon de coiffure. On y parle de cette excentrique millionnaire américaine, de cet aviateur républicain espagnol nommé Teruel qui finira ses jours à Bergen-Belsen, de cette comtesse très digne, de ces gens qui ont caché des enfants juifs et du réseau Butler qui s'est mis en place. Mais on chuchote aussi sur l'admiratrice de Hitler, sur l'épicière qui pratique la collaboration horizontale et sur le curé maréchaliste qui trouve que tout cela va trop loin dans l'ignominie alors que le journal local considère la rafle du Vél'd'Hiv insuffisante.

---

[23] **Pierre Péan**, né à Sablé-sur-Sarthe dans la Sarthe en 1938, est un journaliste d'investigation français.

Thorée-les-pins a évidemment les mêmes histoires à raconter à propos de l'occupation. Qu'en est-il néanmoins de notre ancêtre Marcel, qui a 35 ans en 1940 ? Est-il résistant ? A-t-il l'occasion, à la gare de Thorée-les-Pins ou autour, de mener quelques actions de résistance, comme du sabotage ?

La petite histoire ne nous le dit pas… Puis, début 1944, *comme dans de nombreux autres secteurs de l'ouest de la France, les anglo-américains lancent des actions militaires d'envergure afin de garantir toutes les chances de succès au Débarquement prévu le 6 juin. Ils détruisent prioritairement les voies de communication ainsi qu'une partie des moyens de production de l'ennemi avec pour objectif de bloquer ou de retarder les troupes ennemies qui pourraient se diriger vers la Normandie. Si le centre-ville du Mans est épargné par les Alliés, ceux-ci attaquent les points stratégiques de l'agglomération tels que la gare, l'aérodrome, les voies ferrées, les usines Junker et Renault ainsi que les ponts sur la Sarthe et sur l'Huisne. Les bombardements touchent malheureusement les quartiers périphériques du Mans (quartier Batignolles) et des communes à proximité de la ville. La population déplore la destruction des domiciles mais surtout la mort de nombreux proches. Les attaques du 7 et du 14 mars sont particulièrement sanglantes malgré les avertissements figurant sur les tracts lancés par la coalition pour demander aux habitants quitter les zones à risques. Au lendemain du Débarquement en Normandie, les attaques se poursuivent. Le département est en état de siège. A la mi-juin, les bombardiers anglo-américains sont si nombreux dans le ciel qu'un témoin remarque que l'on ne sonne plus les alertes aériennes. Les transports sont paralysés et les pannes d'électricité et de gaz incessantes. Les Allemands réquisitionnent l'hôpital du Mans pour y soigner leurs blessés rapatriés du front de Normandie. Ces opérations militaires se poursuivent jusqu'au début du mois d'août. Le bilan humain sera lourd : environ 250 civils décèdent des suites des raids aériens.*[24]

Contournant le front de Normandie par le Sud de la Manche et de la Mayenne, la 3e armée du Général Patton arrive en Sarthe en passant par la

---

[24] https://www.libertyship.be/la-liberation-de-la-sarthe/

région de Sablé-sur-Sarthe le 8 août. Les premiers éléments de cette armée pénétrant dans le département sont des unités de la Deuxième Division Blindée (2ème D.B.) du général Leclerc, débarquée en France le 1er août. La division française est incorporée à la 5e Division Blindée qui fait partie de la 79' Division d'Infanterie US. Leclerc organise sa division en groupements et sous-groupements qui sont mobiles et très rapides Ces formations progressent à travers un paysage de bocage en visant Mamers via Marolles-les-Braults. Ils évitent ainsi les routes meurtrières à proximité desquelles se cachent des unités antichars allemandes.

Les Américains en Sarthe (Louplande)

Les Alliés progressent sans difficulté dans le sud évacué par les Allemands en bon ordre. Ils sont accueillis chaleureusement dans les communes où ils passent. La ville du Mans est libérée par le XV" Corps d'Armée américain le 8 août après quelques rares combats mais les occupants ont pris soin de détruire les ponts et de faire exploser leurs stocks de munitions. La vigueur de l'attaque alliée met un terme définitif à la présence allemande dans **le département, complètement libéré le 11 août 1944**. Entre le 19 et le 23 août, le Général de Gaulle séjourne dans la ville du Mans accompagné par les autorités locales et des officiers. Acclamé par la foule, il prononce un discours dans lequel il exhorte la population à s'unir contre Hitler et à garder la foi en la France. La famille DUPUY tout comme leurs voisins, copains, amis vivent alors un moment de joie, de liesse, de fête. Lors de leur passage dans les villes libérées, les Américains lancent des *chewing gums* aux enfants.

La libération ouvre une période d'un autre enjeu. Considérant qu'il n'y avait pas de gouvernement légitime dans les pays précédemment occupés par les pays de l'Axe et devant la nécessité d'assurer l'administration de ces territoires, les Alliés mettent en place l'*Allied Military Government of Occupied Territories* (**AMGOT**) qui est une section des états-majors alliés.

Des officiers militaires américains sont formés à l'administration civile. Une fois les forces alliées occupant les territoires libérés, ces officiers assurent tous les aspects de l'administration civile, des transports à la justice en passant par la monnaie (à ce titre une monnaie est émise pour chaque pays occupé).

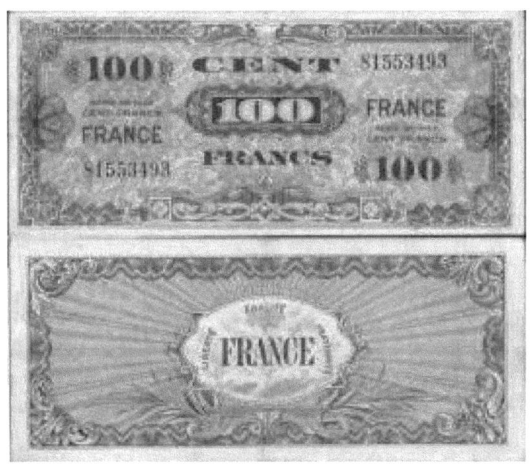

Le général de Gaulle, qui avait créé en France le Gouvernement provisoire de la République française (GPRF), s'oppose vigoureusement à l'AMGOT prévu en France pour une durée d'un an avec un effectif de 1 500 hommes.

Il déclare notamment que les billets de banque, appelés communément *'billet drapeau'*, mis en circulation en Normandie par l'armée américaine immédiatement après le débarquement, n'étaient que de la fausse monnaie. Il s'agit de billets verts libellés en francs. Franklin Delano Roosevelt, très réticent, finit par admettre la légitimité du GPRF le 23 octobre 1944, deux mois après le discours de De Gaulle à l'Hôtel de ville de Paris le 25 août. **OUF !**

Environ un an plus tard, la famille fête un autre événement : la naissance de la petite dernière de la tribu. Jocelyne DUPUY naît le 13 juillet 1945, sa sœur aînée Rolande a alors dix-sept ans.

Jocelyne ROUSTEAU née DUPUY

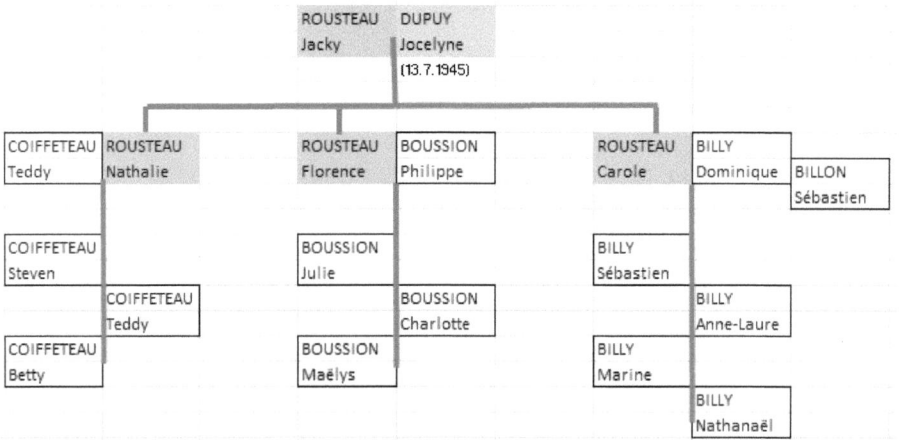

L'après-guerre est une période incroyable de liberté et de découverte pour tous ces jeunes DUPUY-XII et le camp de Thorée-les-Pins leur fournit maintes occasions de sortie (en cachette). Ce camp fut l'un des trois camps sarthois, avec ceux de Champagné et Mulsanne, à recevoir des prisonniers allemands.

Ses baraquements se dressent en marge de la route qui relie La Flèche au Lude. Créé en 1939, il vit d'abord le jour pour servir de centre de stockage pour l'Intendance. En 1943, les Allemands s'emparèrent des lieux, pour constituer leur propre réserve. Jusqu'à ce que les Américains s'approprient à leur tour les bâtiments, en 1945, à la Libération. Le camp porte alors le nom de « PWE 22 Prisoners of war enclosure » (enceinte pour les prisonniers de guerre).

Géré par les Américains, il voit défiler des milliers de détenus, dont quelques Waffen SS. Les conditions de vie sont éprouvantes. « Il s'agissait d'une sorte de camp de triage, divisé en cinq parties. Chacune de ces « cages » avait sa chapelle et son infirmerie », précisera Daniel Potron, historien. Les effectifs atteignent 40 000 hommes.

Les hangars, prévus chacun pour mille individus, en abritent 1 200 à 2 000. Les SS sont parqués dans le hangar numéro un, dans la partie ouest. La faim se fait cruellement sentir. «Certains prisonniers travaillaient chez des fermiers, à l'extérieur. Ceux-là étaient mieux lotis, car mieux nourris.» Le troc aide à survivre. Des détenus vont jusqu'à échanger montres ou alliances contre quelques cigarettes. Les hommes trompent l'ennui en jouant aux cartes. Le basculement du camp sous gestion de l'Armée française, en juillet 1945, n'améliore pas l'ordinaire. Au final, combien d'hommes succombèrent-ils, avant sa dissolution le 1ᵉʳ juillet 1948 ? Les chiffres restent flous.

Ce que ce camp représente pour les DUPUY-XII de l'après-guerre, c'est tous les obus et munitions qu'ils peuvent aller dénicher, en toute liberté et … en toute inconscience… Bien des années plus tard, certains de leurs descendants joueront à des jeux de guerre *en ligne*, eux jouent … en vrai.

*   *   *

Début des années 1950, tandis que des milliers d'émetteurs et de récepteurs militaires déclassés permettent aux radioamateurs de s'équiper dans les « surplus », avec les « *Fug* » allemands et les « *command set* » américains, la radio se développe et le récepteur grand public se standardise.

Le récepteur « toutes ondes » couvrant Grandes Ondes (GO), Petites Ondes (PO) et Ondes Courtes (OC) est dans toutes les familles. C'est un superhétérodyne à 5 ou 6 tubes avec cadre orientable interne, une entrée « pick-up » pour écouter les premiers microsillons, un « œil magique » » pour le réglage fin de la fréquence, un cadran à aiguille et ficelle commandant un condensateur variable d'accord, une façade en tissus et bois vernis. Le cadran indique les noms des stations comme Radio Paris, Paris Inter, BBC, Radio-Luxembourg, etc alors qu'une aiguille désigne la station sélectionnée.

Bien plus tard, en 1953, alors que Jean-Pierre a 13 ans, l'américain James Watson et l'anglais Francis Crick découvrent l'ADN : l'Acide DésoxyriboNucléique est formé par l'enchaînement de quatre molécules différentes, les nucléotides A, T, G et C (Adénine, Thymine, Guanine et Cytosine). Chez tous les êtres vivants, l'ADN porte le plan de construction de l'organisme "écrit" dans la séquence des nucléotides. Ce plan, que l'on appelle génome, est divisé en séquences avec des fonctionnalités différentes: les gènes (25 000 environ pour l'homme). Une copie du génome est comprise dans chaque cellule d'un même organisme et distribuée sur un à plusieurs chromosomes, comme un long ouvrage littéraire peut être découpé en plusieurs volumes. Le rapport entre l'ADN et les chromosomes, c'est comme le rapport entre l'écriture et les livres.

Le génome humain représente une séquence d'environ 3 milliards de nucléotides répartie sur 23 chromosomes. Chaque chromosome est composé d'un filament d'ADN. Ce filament est enroulé sur des protéines que l'on appelle histones, qui permettent principalement de compacter l'ADN, formant des régions plus ou moins denses. Et pour chacun des 23 paires, il y a un chromosome d'origine **paternelle** et un chromosome d'origine **maternelle**. Ainsi, pour une même paire, les deux chromosomes ne seront pas identiques. Les 22 premières paires sont appelées « autosomes ». La 23ème paire est celle qui détermine le sexe de la personne : il s'agit des chromosomes X et Y. Les femmes possèdent deux chromosomes X, alors que les hommes possèdent un chromosome X et un chromosome Y.

Le chromosome Y, c'est le filament ADN que les DUPUY *se refilent* de père en fils depuis des milliers et des milliers d'années (tout comme les autres individus masculins bien évidemment). L'héritage Y – le chromosome longtemps considéré comme un fainéant, tout juste bon à commander les programmes moléculaires de la masculinité – semble responsable de plus d'activités que la plupart des biologistes ne le soupçonnaient. Pendant plus de 300 millions d'années, le chromosome Y s'est arrangé à préserver chez les mâles une poignée de gènes importants pour la survie de l'espèce, et à en acquérir d'autres indispensables pour la fertilité. Aujourd'hui, les biologistes admettent que, malgré une apparence modeste, le chromosome Y a des fonctions biologiques essentielles pour la survie de l'espèce.

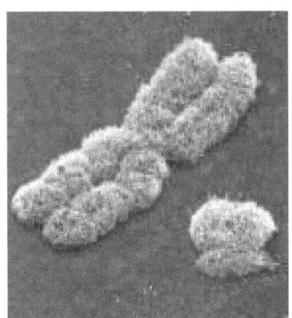

Chromosomes X (à gauche) et Y (à droite) d'un garçon

Alors, lorsque Jean-Pierre DUPUY rencontre Claudie GRANDIN, sa future épouse, lors d'un bal chez Madame Mésange à Savigné-sous-Le-Lude, un samedi soir de l'année 1957, l'histoire de la fascinante transmission, chez les DUPUY, du même chromosome mâle pourra alors se poursuivre ; les futurs nouveaux nés Fabrice et Pascal DUPUY auront exactement le même chromosome Y que leur père Jean-Pierre. Et le même Y que celui de leurs cousins germains Norbert, Alain, Eric, Didier, Olivier, Thierry ou Sébastien DUPUY. Ça signifie qu'une analyse de l'ADN de Martin DUPUY, et tout particulièrement du chromosome Y, prouverait à 100% qu'il est l'ancêtre de tous ces mâles DUPUY. Et en remontant bien plus loin dans le temps, nous trouverions notre ancêtre patrilinéaire à tous - **l'Adam-chromosome Y** – qui vivait en Afrique il y a 140 000 ans.

Que nos mères, nos épouses et nos filles – aux chromosomes XX - se rassurent : il ne s'agit pas ici, pour les mâles DUPUY, de réintroduire une société machiste, autocratique ou des comportements patriarchaux ; en cette période d'annonce de sa dégénérescence, la réhabilitation du chromosome Y fait du bien, c'est tout ! D'autant qu'il existe aussi une très bonne nouvelle pour vous Mesdames – Lysiane, Sylviane, Marie-Claude, Pascale, Stéphanie, Fabienne, Valérie, Isabelle, Laure, Claire, Viviane, Nathalie, Florence, Carole … - : **l'ADN de vos mitochondries – appelé ADNmt - est porteur de vos origines**. Les mitochondries sont présentes en nombre variable dans le cytoplasme de nos cellules (de 75 dans le spermatozoïde à 100 000 dans l'ovocyte). La fonction principale de cet organite est de produire de l'énergie sous la forme d'ATP à partir de substrats carbonés et en présence d'oxygène. Dans l'espèce humaine, c'est uniquement la mère qui donne ses mitochondries à ses enfants (figure ci-après). Les mitochondries du spermatozoïde rentrent dans l'ovocyte – j'espère que je ne vous apprends rien ! - mais sont très rapidement dégradées et ne participent donc pas au patrimoine génétique de l'embryon.

Cette hérédité maternelle, particulière aux mitochondries, a permis de retracer historiquement et géographiquement l'évolution de l'espèce humaine du côté de la femme. Pour vous, les mères, épouses et filles de cette sage, en remontant votre arbre – via Alice PIRONNEAU, Anne-Marie (Lucie) GRANDIN, Marie-Madeleine CREPIN, Maman Le Vannais, - vous pourriez remonter probablement jusqu'à une mère commune à vous toutes, et surtout jusqu'à la femme appelée Eve mitochondriale.

En effet, l'**Ève mitochondriale**, ou le plus récent ancêtre matrilinéaire commun, est le nom donné à une femme hypothétique considérée comme la plus récente ancêtre commune par lignée maternelle de l'Humanité. Son existence est attestée par la démonstration qu'il y a une lignée unique de mitochondries dans les cellules de tous les humains. L'Ève mitochondriale est l'équivalent féminin de l'Adam Chromosome-Y, l'ancêtre commun le plus récent par lignée paternelle. En tenant compte de la vitesse de mutation dans cet ADNmt, les calculs font supposer que l'Ève mitochondriale a vécu il y a quelque 150 000 ans. Et la phylogénie suggère qu'elle a aussi vécu en Afrique orientale (aujourd'hui Ethiopie, Kenya ou Tanzanie).

Ainsi, si nous remontons n'importe quelle lignée patrilinéaire – comme celle des DUPUY mâles, porteurs du chromosome Y -, nous arriverions à notre ancêtre mâle à tous. Et si nous remontons n'importe quelle lignée matrilinéaire – comme Lysiane BOURGAULT –> Rolande LEMEME –> Alice DUPUY - … - nous arriverions à notre ancêtre femelle appelée Eve mitochondriale,

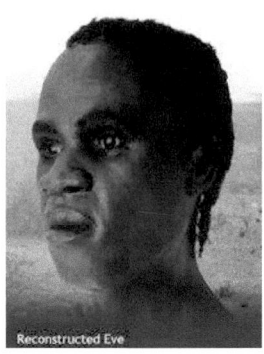

loin de Sarcé, de Mayet et du Lude (!)

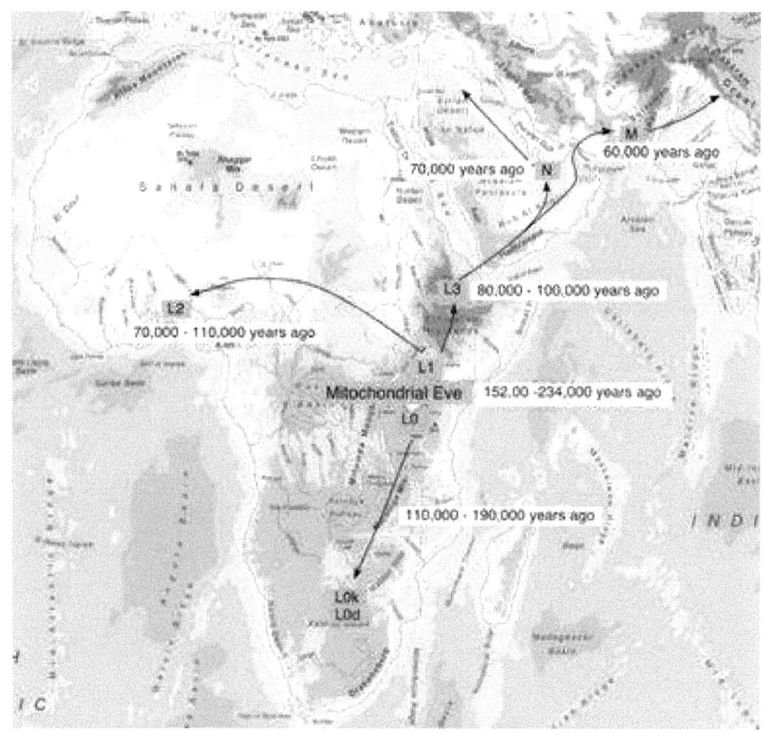

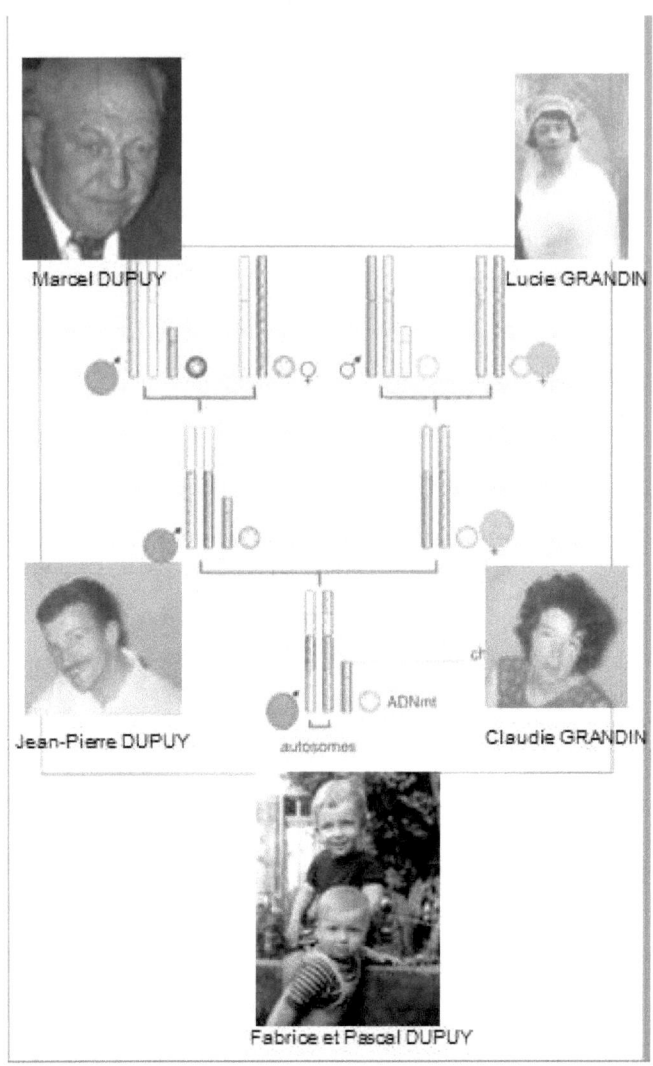

Marcel DUPUY — Lucie GRANDIN

Jean-Pierre DUPUY — Claudie GRANDIN

ADNmt

autosomes

Fabrice et Pascal DUPUY

Revenons à l'année 1957 et au bal à Savigné-sous-le-Lude. En fait, Jean-Pierre rechignait à accompagner les deux jeunes filles de Thorée-les-pins qui lui demandaient de venir avec elles à ce bal. Une petite voix l'a peut-être invité à se laisser faire ; il tombe amoureux de Claudie, une fille de Savigné.

1957, c'est aussi la signature du traité de Rome. Six pays signent le 25 mars (1957), à Rome donc, le traité créant la Communauté économique européenne (CEE). L'Allemagne, la Belgique, la France, l'Italie, le Luxembourg et les Pays-Bas adoptent également le traité Euratom créant la Communauté européenne de l'énergie atomique. Ces deux traités entreront en vigueur le 14 janvier 1958.

La CEE a créé les bases des institutions de l'Union européenne. Mais il est trop tôt pour que Jean-Pierre DUPUY, ses frères et sœurs ou Claudie GRANDIN se sentent Européens, d'autant que la seconde guerre mondiale est encore dans les esprits, et qu'il n'y a aucune construction politique européenne à ce stade. Et en 1958, nos héros sont jeunes, ils pensent avant tout à s'amuser, à sortir, à profiter de la vie. Leurs premières motos sont des MERCIER, leurs premiers bals, des bals-musette.

Avant qu'il ne puisse épouser Claudie GRANDIN, Jean-Pierre DUPUY doit néanmoins donner dix-huit mois de sa vie à la patrie, tout comme ses frères aînés Jacky, Claude ... Après des 'classes'[25] à Vannes, ce sera le départ pour l'Algérie, où il servira de septembre 1960 à août 1962. De 1954 à 1962, un nombre grandissant d'appelés du contingent est effectivement envoyé en Algérie pour participer à la guerre, commencée le 1er novembre 1954. Officiellement, pour la France, il n'est pas question de parler de guerre d'Algérie, mais d'opérations de « *maintien de l'ordre* » ou de « *pacification* ». Jean-Pierre devient vite le chauffeur du colonel Hublot, à **Duperré** (maintenant Aïn Defla) situé à 140 km au sud-ouest d'Alger. Jean-Pierre voyage beaucoup, entre 1960 et 1962.

---

[25] "Faire ses classes", c'est se coltiner les bases de l'enseignement militaire. Après avoir reçu l'avis d'incorporation et quitté famille et amis, subi la visite médicale alias "conseil de révision" et passé l'uniforme, il s'agissait de devenir un bon petit soldat : maîtriser le garde-à vous, le "Rompez", le "A gauche", le "A droite", savoir marcher au pas et en cadence ou saluer, sur fond d'aboiements et de claquements de talons. "Crapahuter" dans la nuit avec son matériel sur le dos ou charger et décharger son arme étaient aussi au menu de ces quelques mois éprouvants.

Au retour d'Algérie, Jean-Pierre peut épouser sa fiancée. Les noces auront lieu à Savigné-sous-le-Lude, le 15 juin 1963, en présence, entre autres, des témoins Claude GRANDIN et Jocelyne DUPUY.

Et une fois mariés, c'est à Tours que viennent habiter Jean-Pierre et Claudie DUPUY, emménageant tout de suite après leur mariage dans le petit appartement d'une pièce, au 10 rue Galpin Thiou, que Bernard et Colette viennent de laisser (le frère et la belle-soeur emménageant, eux, dans la rue docteur Fournier). Jean-Pierre va alors travailler à Veigné, chez M. Proust, six jours sur sept, devant laisser la jeune Claudie seule dans son petit appartement, loin des siens en Sarthe...

Mais qui était Galpin Thiou ? Il semble qu'il ait été le dernier maire du bourg de Saint-Etienne avant sa fusion avec le grand-Tours en 1843.

Le 23 novembre 1843, le Conseil municipal de Tours baptisa d'un seul jet vingt-deux voies de la cité, les unes rues nouvelles, les autres changeant de « désignation ». La place de la « Tranchée » devint la place « Choiseul » et la rue des « Trois-Pucelles », qui devait son titre charmant à l'enseigne d'une hôtellerie spécialisée en pucelles, nom vulgaire de l'alose, poisson de Loire réputé, fut la probable victime d'une pudibonderie municipale et mutée en rue « Briçonnet » en l'honneur du premier Maire de Tours, sacré par Louis XI.

> Cependant la ville restait soudée à la Loire, ayant au cours des siècles suivi sa rive, de « Saint-Pierre-des-Corps extra » à la « Riche extra ». Son extension était barrée au Sud par les mails, superbes promenades ornées d'ormes centenaires, qui suivaient le tracé de l'enceinte du XVIIe siècle. Le Maire, Auguste-Eugène Walvein, ancien notaire, dynamique et clairvoyant administrateur, comprit que le destin de sa ville était de pousser vers le Sud. Il résolut de réaliser le « Grand Tours » en annexant d'abord la commune voisine de Saint-
>
> Etienne qui devenait aussi peuplée que la capitale tourangelle : « les maisons de la commune de Saint-Etienne, écrivait-il au Préfet en 1843, rivalisent avec les plus belles de Tours et sont occupées aussitôt que bâties par notre
>
> population qui émigre... ». La réunion n'eut lieu qu'en 1845 grâce à la coopération diplomatique de Galpin-Thiou, dernier Maire du bourg de Saint-Etienne. Ainsi fut doublée l'étendue de la ville de Tours.

Pour Jean-Pierre (et Claudie), habiter à Tours, c'est aussi retrouver la proximité de ses frères et sœurs DUPUY ayant emménagé dans la Touraine : Dolus-le-Sec, Ligueil, Veigné/Montbazon et Tours.

Les belles-sœurs Colette, Claudie et Thérèse (en 1965)

Les belles-sœurs Thérèse, Ginette, Claudie, Colette, Jocelyne (en 2018)

Claude DUPUY décédera le 4 mai 1993, Bernard le 30 octobre 1998, Jean-Pierre le 15 septembre 1999, Marie-Anne RONDET née DUPUY le 27 juin 2011, Jacques (ou Jacky) le 17 sept 2012, Rolande LEMEME née DUPUY le 25 juin 2013.

La saga se poursuit avec la génération suivante : Fabrice[26] Jean-Pierre DUPUY (**DUPUY-XIII**), le fils aîné Jean-Pierre DUPUY et de Claudie GRANDIN.

---

[26] Fabrice = Pascal = Alain = Didier = Thierry = Norbert = Eric = Olivier = Sébastien …

Génération XIII (1964 - 1993)

La génération DUPUY-XIII, ce sont vingt-trois cousin(e)s germain(e)s : Lysiane et Sylviane LEMEME, Norbert, Annie, Marie-Dominique et Joël DUPUY, Marie-Claude, Jean-Philippe et Françoise RONDET, Alain, Didier, Thierry et Isabelle DUPUY, Laurence, Valérie et Sébastien DUPUY, Eric et Olivier DUPUY, Fabrice et Pascal DUPUY, Nathalie, Florence et Carole ROUSTEAU.

Si on prend l'un d'entre eux, le petit Fabrice Jean-Pierre DUPUY naît le 13 juin 1964 dans la maternité du boulevard Tonnellé à Tours.

Période: 1964 – 1993

Millions de Français : ->57
Présidents: **VGE, F. Mitterand, J. Chirac**
Lieu : Tours / **Paris**
Monnaie : **Nouveau Franc**
SMIC : 9,14FF / heure (1,39€)
Assiette: le premier **McDonald's** s'ouvre en France le 30 juin 1972 ...

Claudie et Jean-Pierre DUPUY

Entre 1941 et 1965, en 25 ans donc, 9143 DUPUY (dont Fabrice, son frère Pascal et leurs cousins germains Norbert, Laurence, Eric, Alain...) sont nés en France! Soit en moyenne 365 nouveaux petits DUPUY par an. Un nouveau DUPUY par jour ! Peut-être avec le même chromosome Y pour les garçons !

Justement, Fabrice DUPUY *voit*[27] naître son petit frère Pascal, le 1er septembre 1965. Deux de leurs ancêtres s'en émeuvent : leur grand-père maternel Georges, parce qu'il craint, à la naissance de ce second enfant si rapprochée, que le mari de sa fille – Jean-Pierre - ait la même vocation à beaucoup enfanter que son père Marcel (!) ; leur arrière-grand-mère Françoise, qui se questionne sur le choix *moderne* des prénoms[28].

Fabrice et Pascal

---

[27] Enfin, c'est une figure de style, bien-entendu!

[28] « Fabrice ? Ma petite-fille, tu devrais appeler ton second enfant Bruno, ça fera 'fabrique de pruneaux'!»

Marcel à Fabrice : «Si tu suces trop ton pouce, regarde ce qu'il risque de lui arriver, petit bonhomme.»

A quoi ressemblent les bancs d'école dans les années 1960 ? Dans certaines écoles (de campagne, comme à Savigné-sous-le-Lude), nous sommes assis par deux, avec un pupitre et deux ouvertures pour l'encrier. Les plus grands des cousins DUPUY-XIII portent probablement une blouse à l'école primaire. Plus tard, l'idée de la blouse reviendra pour gommer les différences vestimentaires, que certains ne puissent point parader avec des vêtements de marque, quand d'autres sont habillés plus modestement.

Presque la classe CE1-CP de Savigné-sous-le-Lude

Pupitre en bois, avec encriers

Dans les années 1960, le port de la blouse ne vise pas qu'à gommer les différences sociales; en arrivant en classe, en ayant enfilé sa blouse, nous savons que ce n'est plus le moment de s'amuser, elle forme une barrière entre hors de l'école et à l'école. Et puis, il y a également un côté pratique ; nous écrivons avec un porte-plume que nous trempons dans un encrier. Et c'est salissant, nous avons tous en sortant de l'école le bout de l'index et du pouce couvert de cette encre noire. Par instinct, nous nous essuyons le bout des doigts, tachés d'encre sur notre manche et il vaut mieux que ce soit la blouse qui subisse cet affront que nos vêtements…. Et la blouse nous protège également de la poussière de craie. Si l'instituteur écrit à la craie sur un tableau noir, nous avons tous une ardoise et un bâton de craie. « Je vous parle d'un temps que les moins de vingt ans ne peuvent pas connaître… »

A quoi cela tient-il ? Une fratrie particulière existe entre les cousins germains de cette génération de DUPUY-XIII. Comme vous pouvez vous en apercevoir ci-dessous, les cousinades existaient déjà, quarante ans avant leur reprise en l'an 2010 !

Pascal, Didier, Alain et Fabrice

Pascal, Sébastien, Olivier, Fabrice, Didier, Thierry

Puis c'est Mai 1968 ! Lysiane LEMEME a douze ans, Alain DUPUY bientôt neuf, Fabrice DUPUY bientôt quatre. A Tours, le mouvement commence à l'imprimerie Mame -boulevard Preuilly- avec des banderoles sur les grilles "usine occupée grève illimitée", "grève illimitée avec occupation".

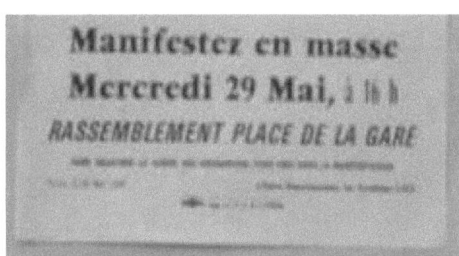

Rapidement partout, des groupes d'hommes dans la rue portent des pancartes "grève illimitée". Les entrées de la Perception, des bureaux des postes sont alors fermées avec des grilles. Michel DESMARS, agent de conduite SNCF à Tours, raconte : « On vire les patrons, on occupe les usines, les ateliers, les bureaux. Dans les regards, brillent l'espérance, une formidable confiance en l'avenir… *Cours, camarade, le vieux monde est derrière toi…*». Les frères DUPUY-XII de Tours et alentours – Jacky, Claude, Bernard, Jean-Pierre, ne font pas la grève. Ils ne sont ni étudiants, ni fonctionnaires; ils ne peuvent pas se le permettre. Se rebeller contre l'autorité n'est probablement pas non plus dans leur éducation.

Tous les jours de ce mois de mai, les comités de grève, central ou dans les établissements, ont à prendre des décisions plus ou moins importantes. Lors des moments de calme, les grévistes enthousiastes discutent, quand ils ne refont pas le monde ! Il sera dit à propos de Mai 68 que la parole s'est libérée. Beaucoup participent à des échanges sur les difficultés de la vie, sur le travail, sur l'éducation des 'mômes'… Ils interrogent sur la manière de s'en sortir.

Puis, après les accords de Grenelle du 27 mai, le doute commence à s'insinuer dans les esprits des Tourangeaux, d'autant que certains discours de responsables syndicaux deviennent ambigus. Après le 30 mai, et l'annonce de la dissolution de l'Assemblée nationale et de l'organisation d'élections législatives les 23 et 30 juin, le rouleau compresseur se met en marche. La petite musique sur les élections comme moyen pour changer le monde s'amplifie, la grève générale devient, de plus en plus, à ranger dans le placard des accessoires. Des reprises ont lieu ici et là, et l'affaire est pliée le 6 juin où la reprise a été quasi générale. La suite est connue, une manif de la droite sur les Champs-Élysées, avec le raz-de-marée pour de Gaulle lors des élections.

Mai 1968 concerne encore moins nos jeunes de la génération DUPUY-XIII... Ils vont à l'école ou s'amusent ! Notez qu'il n'y a pas encore de poste de télévision dans les *chaumières* des DUPUY. Même si René Barthélemy réalise la première transmission d'une image TV le 14 avril 1931, même si la première émission officielle française de télévision a lieu le 26 avril 1935 sous l'égide de Georges Mandel, ministre des PTT, la télévision s'adressait en 1949 encore à un nombre très restreint de Français. Seuls *297 foyers* possédaient un poste. La technique ne sera maitrisée que lors des années 1950. Ainsi, la retransmission en direct du couronnement d'Elisabeth II marquera les esprits. Et les émissions mythiques vont se succéder: La Vie des animaux, La Piste aux étoiles, La caméra explore le temps, 5 colonnes à la une....

Mais pas encore pour les DUPUY ; le coût élevé des récepteurs limite l'audience à une minorité relativement aisée, et ayant sans doute des exigences culturelles élevées elles aussi. La télévision s'implante néanmoins inexorablement : 24 000 postes sont recensés en 1952, 683 200 en 1957.

Le poste arrive plutôt[29] dans les foyers de la génération des DUPUY-XII (Rolande et Emile, Raymond, Marianne et Jean, Norbert et Edith, Jacky et Thérèse, Claude et Ginette, Bernard et Colette, Jean-Pierre et Claudie, Jocelyne et Jacky) durant les années 1970. Tout comme le premier autoradio, c'était sur une Panhard. Pourtant à l'époque, ils travaillaient depuis déjà longtemps. Mais impossible pour eux de s'offrir l'objet de leurs rêves. «*On était content de les fabriquer mais on ne pouvait pas se les payer* », nous

---

[29] 'Plutôt' et non 'plus tôt'

raconte un autre témoin de cette époque. « *Ma télévision, je l'ai assemblée, mais c'est mon beau-père qui l'a achetée. Alors, j'allais la regarder chez lui. A l'époque, une télévision coûtait le prix d'une 4 L.*» Leur premier salaire de 1900 F, les grèves de 1968, les jours chômés des années 1970, les frères et sœurs DUPUY se souviennent très bien de cette période de leur vie. « *Devant l'usine, le parking des vélos était plus grand que celui des voitures.* » rajoute toujours le même témoin.

Durant ces deux décades 1960-1979, il est difficile de trouver une photographie ou un passage des films SUPER8 de Jacky, sans l'un des frères DUPUY avec une cigarette à la main ou à la bouche. A ce sujet, Alain (génération DUPUY-XIII) nous raconte un drôle de trafic !

Comme tout le monde ne le sait pas, mon troisième prénom est Marcel, mes parents ayant choisi de me donner comme deuxième et troisième «petits noms» ceux de mes grands-pères ; ce qui donne donc : Alain, Henri, Marcel, Dupuy, pas mal non ?

De mon grand-père paternel, Marcel, que j'appelais Pépé Py, car à deux ans j'avais du mal à dire Dupuy… (le drame de ma vie du reste !), j'ai quelques souvenirs, assez peu, il faut dire qu'il n'était guère bavard. Les repas dominicaux chez Pépé et Mémé Py, avec toutes les Tatas, les Tontons et les cousins-cousines réunis étaient toujours des moments de fête, de joie de se retrouver tous ensemble devant un bon repas, une cuisine riche et sincère, sans attributs inutiles, la cuisine de Mémé Py, où les fameuses rillettes, la langue de bœuf sauce piquante et la tête de veau sauce « Gribiche » n'étaient jamais très loin…

Lorsque je fus un adolescent, vers 16 ou 17 ans moins le quart, pour faire comme les grands, (quelle drôle d'idée idiote…), je me suis mis à fumer. La mode, chez moi, était de rouler mes cigarettes avec cette fameuse petite machine rouge, dont beaucoup se souviennent certainement encore. Pépé Py lui, fumait un peu, mais coïncidence, des roulées lui aussi ! Nous nous retrouvions quelquefois, dans le garage, où il aimait à se retirer, pour s'en « griller » une petite. Je fumais du tabac blond, de marque Samson et lui du gris…, ce drôle de tabac, empaqueté dans un papier gris de forme cubique et qui avait une odeur très forte.

Un jour, il voulut goûter mon « Samson » et je lui en offris avec plaisir. En échange, il me donna un peu de son gris. La première « taffe » de ce fameux « gris », je m'en souviendrai longtemps tant elle m'a fait cracher mes poumons et rien que d'y penser, j'ai encore envie de tousser. Cependant, j'étais heureux, j'avais goûté au tabac des anciens, celui dont le paquet me fascinait depuis ma petite enfance. Lorsque nous nous quittions après notre « pause dégustation », je lui mettais un peu de mon « Samson » dans sa boîte et il me laissait un peu de son «gris». La fois d'après, lorsque nous nous revoyions, il ne manquait pas de me demander : «Tu en as encore de ton bon tabac » ? « Oui Pépé, tu en veux » ? «Ah oui, je veux bien, parce qu'il est drôlement bon ! » J'étais devenu le «dealer» de mon grand-père ! Dieu merci, je ne fumais que du tabac, imaginez que j'ai eu un peu de, comment dire… dans mon paquet de Samson, comme certains, (pas moi, j'vous jure M'sieur !), je n'ose imaginer la suite de l'histoire…

Pendant ce temps-là, Mémé Py faisait la vaisselle avec les tatas, pendant que les tontons discutaient de bagnoles ou de je ne sais quoi de tout aussi important, en dégustant «une petite goutte de derrière les fagots dont vous me direz des nouvelles ».

Alain

A partir de 1980, l'ancêtre de l'ordinateur arrive dans les différents foyers des DUPUY, à Veigné, au Lude, à Tours, à Ligueuil : le **Minitel**. Ce « *Médium interactif par numérisation d'information téléphonique* » est un type de terminal informatique destiné à la connexion au service français de Vidéotex baptisé Télétel, commercialement exploité en France entre 1980 et 2012.

Cet ordinateur-I ou Minitel est surtout utilisé par les héros de notre saga pour interroger l'annuaire (« Quel est le numéro de téléphone de tonton Jacky et tata Thérèse, déjà ? ») et accéder à des horaires de train. La communication entre frères et sœurs DUPUY-XII ou entre cousins germains DUPUY-XIII a lieu grâce aux réunions de famille ou par appel téléphonique. Le téléphone des années 1970-1980, vous voyez ce dont il est question ?

Le *PTT24*, le Socotel *S63* ou le Socotel à touches ?

A Savigné-sous-Le-Lude par exemple, les deux premiers foyers à avoir le téléphone, dès 1970, étaient le bar-restaurant de Mme MEZANGE et l'entreprise d'ébénisterie de Claude GRANDIN. Il faut plutôt attendre 1980 pour qu'il se généralise dans les foyers DUPUY. Et en 1980, le téléphone va désormais posséder un clavier à touches numériques qui remplacera le cadran !

Après l'adolescence, après les jeux et sorties entre cousins, vient la période des épousailles, une période qui s'étale sur plus d'une dizaine d'années, la différence d'âge entre Lysiane LEMEME notre aînée et Carole ROUSTEAU notre benjamine étant de dix-sept années.

Lysiane (née LEMEME) et Daniel BOURGAULT,   Christian et Sylviane MARTIN

Annie, Marie-Dominique et Norbert DUPUY

André et Marie-Claude HAMEL

Pascale et Jean-Philippe RONDET

Alain et Stéphanie DUPUY

Didier et Fabienne DUPUY

Thierry et Valérie DUPUY

Antony et Isabelle COLLONGUES

Laurence (née DUPUY)   et Jacquelin CERAN

Eric (et Catherine) DUPUY   Olivier et Laure DUPUY

Fabrice et Claire DUPUY   Pascal DUPUY et Viviane

Cette fin de XXème siècle continue de surprendre par ses progrès technologiques. Les cousins DUPUY (la génération DUPUY-XIII) sont les premiers adeptes de téléphonie mobile. Pour Fabrice, ce fut un Nokia 1011.

« Allo, frérot ? J'ai une bonne nouvelle à t'annoncer ! Benjamin est né !! »
Son premier abonnement est chez Itinéris: un forfait 1h lui coûte 205 francs
(31,25 euros) sans aucune option puis il passe sur une offre compteur,
toujours chez Itinéris où il paie 99 francs (15,09 euros) et 4,8 francs (0,73
euros) la minute en heures pleines et 1,2 francs (0,18 euros) en heures
creuses...

Et peu d'années après, le mode de communication entre cousins,
frères&sœurs DUPUY, entre amoureux aussi, change radicalement: le SMS ! A
l'origine, l'invention du *Short Message Service* n'était pas destinée au grand
public. Neil Papworth, désormais citoyen canadien, travaillait pour un réseau
téléphonique anglais et développait un système interne d'échanges de
messages entre employés. L'entreprise adopte par la suite cette technologie
pour communiquer entre secrétaires et dirigeants. Cette avancée est ensuite
restée confinée à un cercle limité d'utilisateurs pendant sept ans. En 1999, un
des concurrents brise le consensus et permet à ses abonnés de s'envoyer des
messages. La folie SMS débute alors et s'étend au monde entier jusqu'à
devenir le moyen de communication privilégié des utilisateurs de téléphones
portables.

Lors de leur entrée dans l'ère des télécommunications modernes, les DUPUY-
XIII doivent être vigilants sur le budget 'téléphone' : l'envoi d'un seul SMS de
160 caractères coute 1 Franc (l'équivalent de 15 centimes d'euro). Et l'envoi
d'un 'Je t'aime' à son (ou sa) chéri(e), à partir d'un téléphone sans clavier
QUERTY, relève de l'exploit, puisqu'il faut taper '533008002444633'.

5 pour le 'J', 33 pour le 'E', 00 pour l'espace, 8 pour 'T', 00, 2 pour 'A', 444 pour 'I', 6 pour 'M', 33 pour 'E'

Moderne, dites-vous ? N'est-il pas préférable de l'appeler, sa chérie ou son chéri, sa maman ou son papa chéri ?!?

*   *   *

Bien qu'ils habitent[30] par monts et par vaux (ou par puys et par puits !), cette génération réussit, en 2010, à relancer les réunions de famille ou cousinades. Elle se réunit une fois par an, le dernier week-end de juin ou le premier de juillet. Leurs souvenirs sont les mêmes que ceux racontés dans une chanson des *Trois Cafés Gourmands*[31] :

> *Comment puis-je oublier*
> *Ce coin de paradis*
> *Ce petit bout de terre*
> *Où vit encore mon père*
> *Comment pourrais-je faire pour me séparer d'elle*
> *Oublier qu'on est frères*
> *Belle **Sarthe** charnelle*
> *Oublier ce matin que tu es parisien*
> *Que t'as de l'eau dans le vin*
> *Que tu es parti loin*
> *Ce n'était pas ma faute*
> *On joue de fausses notes*
> *On se trompe de chemin*

---

[30] Paris/Malakoff, le Mans, la Flèche, Chaumont-sur-Loire, Meaux, Thilouze, …

[31] https://www.youtube.com/watch?v=voQhp1K2TSk&fbclid=IwAR0-mV0Y7AzBCgqao8dwV3NXDfCVnEQXe7tQ6IzMmbelT7sLUpIfEJYHdRU

A ces cousinades - organisées par les cousins germains, petits-enfants de Marcel DUPUY et d'Alice PIRONNEAU - sont aussi conviés les cousins issus de germains (cousins du second degré). Comme Jacqueline, veuve de François PIRONNEAU, neveu d'Alice, ainsi que leur fils Frédéric !

Génération XIV *(1993 -)*

Ce chapitre vient clore la saga avec la génération Z ou les Millenials: Jérôme (disparu bien trop tôt) et Alexandre MARTIN, Esther et Charles-Henry HAMEL, Remy et Lucie RONDET, Antoine, Benjamin et Laure-Hélène DUPUY, Valentin, Grégoire, Antonin et Fania DUPUY, Gabriel, Paulin et Mahina COLLONGUES, Jocelyn, Pierre et Andrea DUPUY, Benoit CERAN, Leo et Emma DUPUY, Benjamin et Maxime DUPUY, Pauline, Alexandre et Alice DUPUY, Steven, Teddy et Betty COIFFETEAU, Julie, Charlotte et Maëlys BOUSSION, Sébastien, Anne-Laure, Marine et Nathanaël BILLY.

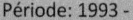

Période: 1993 -

Millions de Français : ->63
Présidents : **Chirac, Sarkozy, Hollande, Macron**
Lieu : Lannion, **New-York**, Quimper
Monnaie : **Euro**
$SMIC_{1993}$: 34,83FF / heure, 5,39€
Assiette : grâce à la réglementation, pas d' OGM …

S'ils étaient encore de ce monde, Marcel et Alice (DUPUY XI) auraient autour d'eux plus d'une trentaine d'arrières-petits-enfants (DUPUY XIV).

Fania, Andréa et Alice DUPUY

Et ils naissent un peu partout, ces nouveaux DUPUY-XIV : Chaumont, Tours, La Flèche, Lannion, Le Mans, Paris. Benjamin DUPUY-GALET a même failli naître dans le New Jersey, en face de New York ! Parce qu'il faut bien jalonner ce récit en chapitres, c'est la date de naissance de Benjamin Xavier DUPUY qui est choisie pour le début de ce dernier chapitre: le 19 juillet 1993.

Benjamin et Maxime DUPUY

A partir du 1er novembre 1993 – *'grâce'*[32] au traité de Maastricht – cette génération naît automatiquement 'citoyen européen'. De facto, les DUPUY-XIV n'ont pas connu la livre Tournoise, ils sont trop jeunes pour avoir à utiliser le Franc, leurs *balles* (« t'as pas dix balles ? ») sont en **Euro**.

Alexandre, Pauline et Alice DUPUY

C'est au 1er janvier 2002 qu'est mise en circulation cette monnaie qui fut d'abord introduite sous forme immatérielle (chèques de voyage, transferts électroniques, services bancaires…), le 1er janvier 1999, à minuit (dans les onze pays formant la toute nouvelle zone euro, dont la France).

---

[32] Lisez 'la Théorie de la Dictature' de Michel Onfray (2019) pour une analyse de ce traité

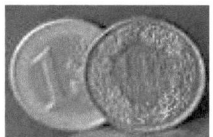

Les monnaies nationales des pays participants cessent dès lors d'exister indépendamment. Les billets et pièces en Franc continuent à avoir cours légal jusqu'à ce que les billets et pièces en Euro soient introduits, en ce 1er janvier 2002.

Elodie, Jean-Pierre, Esther FALLOT et Charles-Henry HAMEL

Entre-temps, tous ces jeunes fêtent le nouvel an 2000. Ah l'an 2000 et la crainte de son bug dans les systèmes informatiques… Le passage informatique à l'an 2000 suscitait de sérieuses inquiétudes : dans de nombreux programmes, il manquait les deux chiffres 19 correspondant au siècle, de sorte qu'au passage de 99 à 100, en réalité 00, de nombreux dysfonctionnements devaient se produire, 00 correspondant à l'année 1900 au lieu de 2000. Qui plus est, un certain nombre d'ordinateurs n'étaient pas programmés pour passer à l'an 2000 et ils affichaient donc 1900 à la place de l'année en cours !

Bienvenue à la gare du Mans.
Il est 12h09. Nous sommes le 1er janvier 1900.

Rien de tout ça ne s'est produit, grâce au travail des informaticiens de chaque secteur. Ah l'an 2000 ! Il a aussi fallu expliquer que le XXème siècle a commencé le 1 janvier 1901 et s'achèvera le 31 décembre 2000. Le XXIème siècle commencera donc le 1 janvier 2001. **2001, l'Odyssée de ...** Savez-vous comment nos ancêtres du début du XXème siècle – c'est-à-dire il y a 100 cents - imaginaient l'an 2000 ? C'est drôle...

Douane volante rattrapant les voleurs fraudeurs

Robot ménager

Machine fabriquant des costumes sur mesure

Ceci dit, ils n'étaient pas si loin ! Le XXème siècle a vu l'invention …

… des antibiotiques

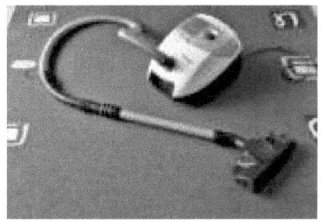

de l'aspirateur

de l'avion

de la carte bancaire

du cinéma

de l'Internet

de la machine à laver

du micro-ondes

de l'ordinateur

du téléphone

Nous sommes en 2002: la **conscription** (le service militaire) **est arrêtée** au profit d'un « parcours citoyen » pour les jeunes hommes et femmes à partir de leur seizième anniversaire. Le service national est remplacé par un Service volontaire pour une durée variant de un à cinq ans, suite à la décision en 1997 du président de la République Jacques Chirac de professionnaliser les armées et de suspendre le service national. Cette génération DUPUY-XIV n'aura pas à servir la République sous les drapeaux.

Gabriel ,   Paulin   et   Mahina COLLONGUES

Les Alexandre, Esther, Charles-Henry, Remy, Lucy, Antoine, Paulin, Benjamin, Maxime, Pauline, Alice etc. n'ont pas non plus connu le minitel ; ils utilisent (très bien, même) **Internet**[33]. Les jeunes de cette génération sont hyper-connectés, ultra actifs sur les réseaux sociaux, grands adeptes des snap, d'*insta*, ou de livetweet. En 2018, 62% de nos jeunes de 18-24 ans passent plus de 21 heures par semaine sur Internet (fixe ou mobile). On les appelle *'les enfants du numériques'*, *'les digital natives'*, *'Génération Z'*, *'Millenials'*, ou "*WE-I génération*". A raison de 800 000 naissances par an, ils représentent aujourd'hui 30 % de la population française.

---

[33] Le début des années 1990 marque la naissance de l'aspect le plus connu d'Internet aujourd'hui : le *web*, un ensemble de *pages* en HTML mélangeant du texte, des liens, des images, adressables via une URL et accessibles via le protocole http. Les premiers fournisseurs d'accès en France – WorldNet, FranceNet et AOL – commercialisent des modems 64kbits/s. Entendez-vous la sonnerie de connexion ?

Remy ...   et Lucie RONDET

Michel Serres considère cette génération à l'aise avec ses "pouces" dans son livre *Petite Poucette* comme celle qui n'a plus besoin d'apprendre en cumulant du savoir dans son cerveau. Elle développe une agilité dans son apprentissage ou ses recherches documentaires à l'aide de la mémoire délocalisée que représente l'ordinateur connecté. L'ensemble des savoirs semble disponible sur Internet et accessible grâce à des outils de recherche comme Google...

Laure-Hélène DUPUY, la benjamine des DUPUY-XIV

Nos jeunes DUPUY-XIV représentent probablement la première génération qui se déplacera en **véhicule autonome** (y lirez-vous alors, chers enfants ?),

celle qui se nourrira essentiellement d'**insectes**, de viande cultivée en laboratoire, de poisson d'élevage, de prototype de crevette synthétique, d'**algues** – Merci à Benjamin Xavier DUPUY qui y travaille déjà - et d'aliments imprimés en 3D,

enfin, la génération qui pourra devenir **bionique**, c'est-à-dire des êtres **améliorés, augmentés, décuplés par la technologie**…

Antonin, Fania, Valentin et Grégoire DUPUY

L'informaticien Ray Kurzweil, un futurologue très écouté aux Etats-Unis, directeur de l'ingénierie de Google depuis 2012, prétend que la fin de l'humanité aura lieu en 2029-2030. Il affirme que la fameuse théorie de la singularité va bien se réaliser dans les années à venir, resservant des positions et arguments qu'il porte depuis des années : « *J'ai toujours dit que 2029 serait la date à laquelle une intelligence artificielle réussirait un test de*

Turing et égalerait donc un niveau d'intelligence humaine. J'avais fixé la date de 2045 pour la « Singularité », c'est-à-dire le moment où nous pourrons multiplier notre intelligence effective par un milliard en fusionnant avec l'intelligence artificielle que nous aurons créée ».

Merci à Alexandre d'avoir accepté de se déguiser

En clair, la **génération DUPUY-XIV** – Alexandre MARTIN, Esther, Charles-Henri HAMEL, Remy et Lucie RONDET, Antoine, Benjamin et Laure-Hélène DUPUY, Valentin, Grégoire, Antonin et Fania DUPUY, Jocelyn, Pierre et Andrea DUPUY, Gabriel, Paulin et Mahina COLLONGUES, Benoit CERAN, Leo et Emma DUPUY, Benjamin et Maxime DUPUY, Pauline, Alexandre et Alice DUPUY, Steven, Teddy et Betty COIFFETEAU, Julie, Charlotte et Maëlys BOUSSION, Sébastien, Anne-Laure, Marine et Nathanaël BILLY - seront … **immortels.** Ou tout du moins leurs descendants (de la génération XV).

La nanotechnologie implantée en eux s'assurera de tout un ensemble de fonctionnalités réparatrices ou compensatrices, dont le maintien de leur télomérase. Inconnus avant les années 1960, les télomères ont depuis les années 1970, et surtout depuis 1985, avec la découverte de la télomérase, passionné de nombreuses équipes de chercheurs. Placées à l'extrémité des chromosomes, les télomères sont produits durant le développement embryonnaire. Ce sont de courtes séquences d'ADN répétées plusieurs milliers de fois. Elles prolongent les chromosomes et leur assurent une protection fonctionnelle contre les effets du temps et de l'environnement. Leur raccourcissement est un phénomène naturel qui témoigne de notre vieillissement au niveau cellulaire. Si ces structures sont absentes, la survie et la reproduction des cellules est en péril. A l'inverse, si des nano-robots les nourrissent et les entretiennent, c'est la jeunesse éternelle.

Lors des cousinades de 2084, que les générations DUPUY-XV et DUPUY-XVI aient une pensée chaleureuse à l'égard des porteurs intermédiaires de leurs gènes, du chromosome Y des DUPUY et de l'ADNmt de la première Eve !

Et le 18 novembre 2115, quand vous regarderez John Malkovich dans le film '100 Years' – musique de Pharell Williams - pensez à nous !!!

Epilogue

Quel que soit l'avenir que se donneront les générations XIV, XV, XVI etc., qu'elles gardent en tête, pour bien le construire, les valeurs que leurs ancêtres ont perpétuées et transmises de parent à enfant, des valeurs qui ressemblent aux valeurs judéo-chrétiennes bien que la plupart des DUPUY aient été athées ou agnostiques.

En haut de la petite liste, se trouvent le **respect, la tolérance.** Bien que ce fut difficile durant la guerre 1870 contre les Prussiens, lors de l'occupation allemande en 1940-1944, en Algérie, les ancêtres DUPUY ont appris à respecter les hommes et leurs différences.

Le **travail** est aussi, indéniablement, une valeur transmise de génération en génération DUPUY. Travailler éduque, humanise en imposant de mobiliser son attention et son énergie dans l'effort. Le travail instruit, il apprend la patience, la modestie, la ténacité. Et il est une école de courage et de lucidité, car seul celui qui ne fait rien peut ignorer les contraintes du réel et nourrir des illusions sur lui-même.

Enfin, même si certains d'entre eux sont 'taiseux' et moins expressifs que les autres, ils sont plutôt solidaires, généreux, fraternels.

La question de l'identité va se poser aux générations suivantes avec encore plus de force : citoyen du monde, européen ou français ? Tourangeau, sarthois ou ligérien (pays de la Loire) ? Natif, réfugié ou expatrié ? Hétérosexuel ou LGBTQ+ ? Homo Sapiens ou trans/posthumain? Les DUPUY sont ce que cette histoire sarthoise a aussi fait d'eux : des hommes et femmes fiers de leurs racines, la tête parfois dans les étoiles mais les pieds bien sur terre.

Allez, place à la génération DUPUY-XV !!

Gaspard et Marceau DUPUY

Virgile, Léandre, Louise et Faustine FALLOT et HAMEL

Ilan BODIN, né de Pauline DUPUY

ainsi que Lucas et Hugo, les garçons de Benjamin DUPUY, Noa et Leo nés de Betty COIFFETEAU.

Manuel du parfait petit Sarthois

. Abougrir : énerver
. Accrabachi : affalé, avachi
. **Baner : pleurer**

. Baniau : un véhicule
. Batoués : courbatures
. Béchoter : racler la terre
. **Bédouiner : prendre son temps à ne rien faire**

. Berdasser : bavarder

. Berlaud : un sot, un niais
. Bernache : premier vin tiré
. Bérouette : une brouette
. Bérouétter : transporter dans une brouette

. **Bidoile : de travers**
. Bigorner : avoir un accident
. Biner : racler la terre
. Bizouiller : loucher
. Bossu : un lièvre
. Boubousser : râler
. Boucannes : les yeux
. Boufiolle : un bouton sur la peau
. Bouiner : ne rien faire
. Bourrier : une saleté dans l'oeil
. Bourriner : faire une action excessivement
. Bousine : une machine
. Bousiner : parler, dire des commérages

. **Boutiquer : fabriquer à sa façon**
. Boutons de piston : boutons de braguette
. Buée : une lessive

. Coche : cochon
. Cocu : pissenlit
. Couister : couiner, grincer

. **Devirer : renverser**
. Dormitaine : dormeur
. Enrayer : commencer un ouvrage
. Gibrou : marmelade de fruits
. Laiton : cochon de lait
. Ourser : travailler dur
. Malapatte : maladroit
. Pignassou : pleurnichard

Les expressions

- Il va tomber un aca d'iau : une averse
- C'est ballot : dommage
- Barbada ! Bardafouac ! : boum !
-

- **Ne reste pas là à bader (ne rien faire)**
- Il tient une de ces beurrées : cuite
- Café bouillu, café foutu : bouilli
- Ça coinche : sentir mauvais
- Ça va d'bidouelle : aller de travers
- Tout est à l'égailleau : éparpillé

Y'a de la frime ce matin : de la gelée blanche

- Quelle ganivelle: quel bon à rien
- Ça coti : ça éclabousse
- Ça glisse comme de l'ieau sur une plume de cane : ça glisse comme de l'eau sur une plume de cane (je m'en fiche)
- Avare: "Il est près d'ses sous, il a l'gousset constipé ".
- Avec: **"J'vâs aller au marché, ven-tu à quanté mê ?".**
- Bavard: **"C'en est eun' goul' de rabette !".**
- Bavarder: **"Au lavouër (lavoir), les bonn's femmes ê' n'arrêtant point d'tatiller (ou Jaboter)".**
- Bouton de col: **"L'pépe l' roussait, i'n'arrivait pas à boutonner son tibi ! ".**
- Chauve: **"Il a la tête comm' un coin d'beûrre".**
- Coiffeur: **"Faut qu'tailles au toûzeux".**
- De mal en pis**: "P'us qu'ça va, et p'us qu'c'est pire ".**
- Jambes maigres (1): **"Il a des mollets comm des barriaux d'cage à moiniaux".**
- Jambes maigres (2): **"Il a des mollets d'cô'".**
- Effronté: **"Il a un sapré culot, i' n'a point chié la honte".**
- Ennuyer: **"Ah! Tu m'hébètes avec tes berlaud'ries !".**
- **"Faut l'temps pour tout".**
- **"Les p'us pressés vont d'vant".**
- **"Pour avouër du bon persil, il faut êt'e menteû".**
- **"En rout', mauvais' troupe".**
- **"Un yeuvre (lièvre) ou un bossu, c'est kif-kif bourricot".**
- **"J'peux point porter c'sac là ; il est trop lubre (lourd) pour mè (moi) ".**
- Faillite:**"I'n'gu'y reste p'us ren, il a mangé la gernouille (grenouille)".**

- **F** "Il a eun' goule à biser eun' bique entre les deux cornes".
- Goinfre: **"**Vaut mieux l'avouër en photo qu'en pension ".
- Petit: "C'est un Bâsducul".
- L'habit ne fait pas le moine**:** "Est point les pieumes qui font l'mouéniau".
- Mauvais fond: "C'est point d'la mér'laine".
- Penya: "Mauvais garçon".
- Femmes bavardes **:** "Femm' qui cause et poule qui pond font du bruit dans la méson".
- Bavard à table **:** "Tout' berbis qui bêle pê' la goulée".
- Rusé: "I' sait nager là où y'a point d'iau".
- Stupide: "Il est d"gourdi comm'un manch' de pelle".
- Un gamin turbulent: "Il a l'Yâble (diable) dans la piau (peaux)".
- Une affaire louche: "Y'a d'l'auboû' dans c't"affair' là ".
- Une personne effrontée: "Ben, ell'a du culot, ell'a pâs chié la honte ! ".
- "Ca vaut ren (rien) en tout".
- "Ca vaut pas un pet d'lapin".
- "C'est de la roupie d'sansonnet".
- Vaniteux: "Le v'la qu'arriv', la goule (tête) enfarinée".

Chansons citées

'A nos souvenirs', des Trois Cafés Gourmands

Comment puis-je oublier
Ce coin de paradis
Ce petit bout de terre
Où vit encore mon père
Comment pourrais-je faire pour me séparer d'elle
Oublier qu'on est frères
Belle **Sarthe** charnelle
Oublier ce matin que tu es parisien
Que t'as de l'eau dans le vin
Que tu es parti loin
Ce n'était pas ma faute
On joue de fausses notes
On se trompe de chemin
Et on a du chagrin
On se joue tout un drame, on a des vagues à l'âme
Tu as du mal au cœur, tu as peur du bonheur

Acheter des tableaux et des vaches en photo
C'est tout c'que t'as trouvé pour te la rappeler
Vous me trouvez un peu con
N'aimez pas ma chanson
Vous me croyez bizarre, un peu patriotard
Le fruit de ma réflexion ne touchera personne
Si vos pas ne résonnent jamais dans ma région
C'est pire qu'une religion au-delà d'une confession
Je l'aime à en mourir pour le meilleur et pour le pire
Et si je monte au ciel il y aura peut être Joel
Guillaume et Jeremy et mon cousin Piedri
Yoan sera en voyage dans un autre pays
Allez fais tes bagages, viens rejoindre tes amis
On veut du **Claudie** musette, à en perdre la tête
On veut un dernier chabrol, un petit coup de gnôle
Les yeux de nos grands mères
La voix de nos grands pères
L'odeur de cette terre vue sur les **Hunaudières**
C'est pire qu'un testament au-delà d'une confidence
On est des petits enfants de ce joli coin de France
Enterrez nous vivants, bayonnez s'il le faut
Mais prenez soin avant de remplir notre chapeau

La relève est pour toi notre petit Lucas
On t'laisse en héritage la piste, nous on dégage
Le temps nous a gâté, on en a bien profité
On a des souvenirs en tête, ce soir faisons la fête!

Acceptez ma rengaine
Elle veut juste je t'aime
Soyez surs, j'en suis fier, j'ai bien la Sarthe en l'cathéter
D'être avec vous ce soir
J'ai le cœur qui pétille
Mimi sers nous à boire
On a les yeux qui brillent.

« Ell' s'était fait couper les ch'veux », par Dréan

L'autre jour ma femm' me dit : vois-tu mon chéri
J'ai fait pour te plair' quelque chos' de bien gentil
J'ai fait ce que font tout's les femmes en c'moment
Pour êtr' tout à fait dans le mouv'ment
Ell' enleva gentiment son chapeau
Et stupéfait je m'aperçus tout aussitôt.

Refrain
Ell' s'était fait couper les ch'veux
Comme un' petit' fille
Gentille
Ell' s'était fait couper les ch'veux
En s'disant ça m'ira beaucoup mieux
Car les femm's tout comm' les messieurs
Pour suivre la mode
Commode
Ell's se font toutes
Ell's se font toutes
Ell's se font toutes
Ell's se font tout's couper les ch'veux

Furieux, de ce pas je vais trouver bell' maman
Un' dam' qui s'prom`ne entre seize et quarante ans
Ma bell' mère en me voyant me dit d'un air doux
Regardez ce que j'ai fait pour vous
Ell' enleva gentiment son chapeau
Et stupéfait je m'aperçus tout aussitôt.

au Refrain

Que va dir' grand-èr', elle plein' distinction ?
Allons la trouver, j'veux voir son indignation
La bonn' vieill' nous dit : j'vous réservais justement
Une bonne surpris' mes enfants
Ell' enleva gentiment son chapeau
Et stupéfait je m'aperçus tout aussitôt.

« Tout ça n' vaut pas l'amour», par Esther Lekain

J'viens d'épouser l'tambour-major d'la trente-deuxième
Un beau garçon, fier comme un roi, doux comme la crème,
Eh bien, figurez-vous, d'puis qu'il est mon époux,
Je vois combien, oh oui combien l'amour est doux

Aussi maintenant, il n'est plus rien qui m'ascicote
Ni le ciel bleu, les p'tits oiseaux, ni les banque-notes
Quand on m'parle du printemps, des plaisirs excitants,
En riant gaiement, je réponds simplement

Tout ça n'vaut pas l'amour, la belle amour, la vraie amour
L'amour qui vous enchante quand le coeur vous chante
La nuit et le jour
Tout ça n'vaut pas l'amour, les p'tits bécots qu'on met autour
Voila pourquoi je chante toujours
L'amour, l'amour, l'amour

J'aime les fleurs, les diamants et la toilette
Tout ce qui fait enfin la joie d'une coquette
J'aime avoir sur le... un p'tit appartement

Les métiers en Sarthe

Les Lavandières

Les Charbonniers

La Tannerie

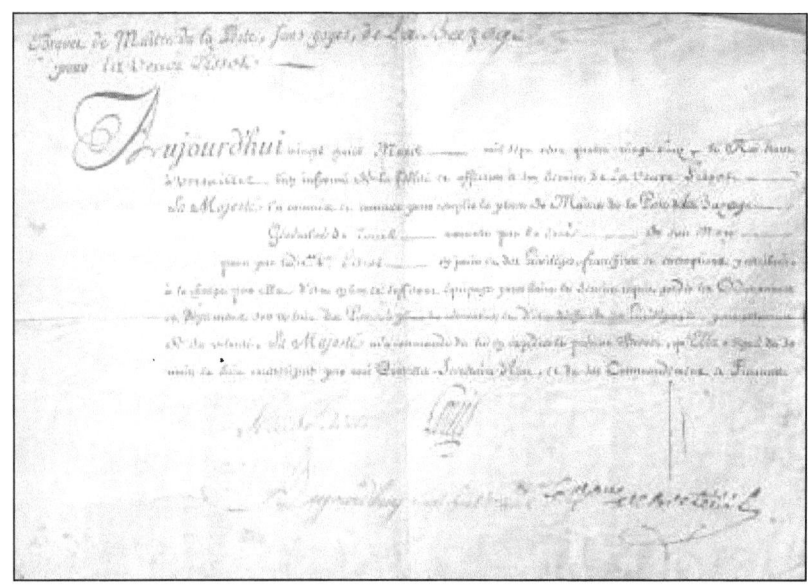

Le Maître de la Poste

La fabrication des sabots

Art de la charronnerie

Des ponts et gares en Sarthe

18. LE MANS. — Le Pont en X

CHENU (Sarthe) — Le Viaduc

30 LA FLÈCHE. — Le Pont des Carmes et le Château. — LL.

35 LUCHÉ (Sarthe) — La Gare

Edition : Books on Demand,
12/14 rond-Point des Champs-Elysées, 75008 Paris
Impression : BoD - Books on Demand, Norderstedt, Allemagne
ISBN : 9782322039197
Dépôt légal : Juin 2019